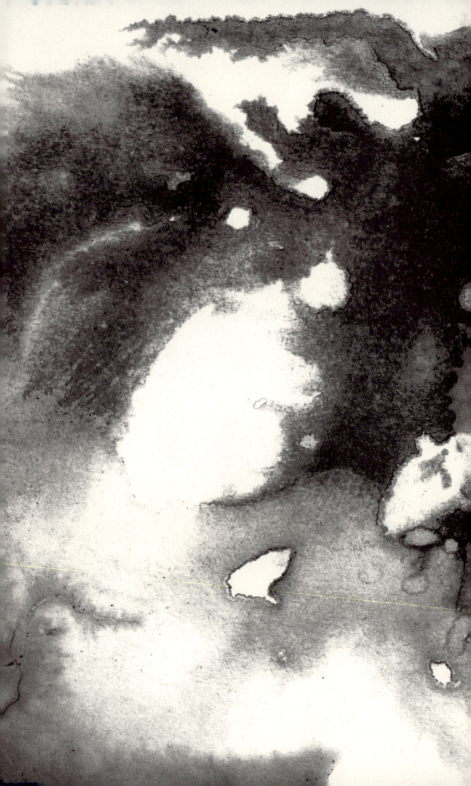

KAGIRINAKU TOMEI NI CHIKAI BURU
Copyright © 1976, Ryū Murakami
All rights reserved

Publicado originalmente no Japão pela
Kodansha Bunko em dezembro de 1978.

Tradução para a língua portuguesa
© Ayumi Anraku, 2023

Diretor Editorial
Christiano Menezes

Diretor Comercial
Chico de Assis

Diretor de Mkt e Operações
Mike Ribera

Diretora de Estratégia Editorial
Raquel Moritz

Gerente Comercial
Fernando Madeira

Coordenadora de Supply Chain
Janaina Ferreira

Gerente de Marca
Arthur Moraes

Gerente Editorial
Bruno Dorigatti

Editora
Juliana Kobayashi

Capa e Projeto Gráfico
Retina 78

Coordenador de Arte
Eldon Oliveira

Coordenador de Diagramação
Sergio Chaves

Finalização
Sandro Tagliamento

Preparação
Luiz Claudio Bodanese

Revisão
Rodrigo Lima
Retina Conteúdo

Impressão e Acabamento
Gráfica Geográfica

DADOS INTERNACIONAIS DE CATALOGAÇÃO NA PUBLICAÇÃO (CIP)
Jéssica de Oliveira Molinari CRB-8/9852

Murakami, Ryu
  Azul quase transparente / Ryu Murakami; tradução de Ayumi
Anraku — Rio de Janeiro : DarkSide Books, 2023.
  128 p.

  ISBN: 978-65-5598-304-3
  Título original: Kagirinaku Tomei ni Chikai Buru

  1. Ficção japonesa I. Título II. Anraku, Ayumi

23-3978   CDD 895.6

Índice para catálogo sistemático:
1. Ficção japonesa

[2023]
Todos os direitos desta edição reservados à
DarkSide® Entretenimento LTDA.
Rua General Roca, 935/504 — Tijuca
20521-071 — Rio de Janeiro — RJ — Brasil
www.darksidebooks.com

MURAKAMI RYU

村上龍

AZUL QUASE TRANSPARENTE

Tradução
AYUMI
ANRAKU

DARKSIDE

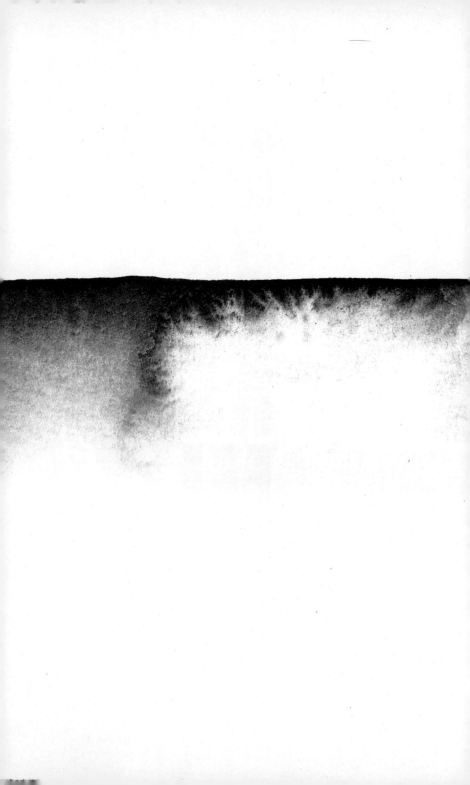

Não era o som de um avião. Era o som das asas de um inseto que voava por trás da orelha. O inseto, menor do que uma mosca, rodopiou diante de meus olhos e desapareceu em direção a um canto escuro do quarto.

Sobre a mesa branca e redonda que reflete a luz do teto há um cinzeiro de vidro. Um cigarro fino com marca de batom no filtro queima ali. No canto da mesa há uma garrafa de vinho com formato que lembra uma pera, com o desenho de uma mulher loira com uvas na boca, segurando o cacho na mão. Na superfície do vinho que havia sido vertido na taça, a luz vermelha da lâmpada do teto tremeluzia. Os pés da mesa não estavam aparentes, escondidos na longa pelugem do tapete. À frente, uma grande penteadeira. As costas da mulher sentada diante dela estão molhadas de suor. Ela esticou a perna e tirou a meia-calça, enrolando-a.

"Pega essa toalha aí pra mim. Tem uma rosa, não tem?"

Assim falou Lilly, jogando em minha direção a meia-calça que havia enrolado. Disse que acabou de chegar do serviço e aplicou na testa brilhante a loção hidratante que havia pegado.

"E então, o que fez depois?"

Ao pegar a toalha, enxugou as costas e perguntou, olhando para mim.

"Ah, pensei em dar uma birita pra ele ficar mais calmo, até porque tinha mais dois além dele no Cedric do lado de fora, todos chapados de cola, então daria uma birita pra ele; é verdade que ele esteve no reformatório?"

"Ele é da Coreia do Norte."

Lilly está tirando a maquiagem. Está limpando o rosto com um algodão estéril pequeno e compactado embebido num líquido de odor pungente. Curva-se para se olhar no espelho e tira os cílios postiços que parecem nadadeiras de peixes ornamentais. Os pedaços de algodão descartados estão manchados de vermelho e preto.

"Ken esfaqueou o irmão mais velho, acho que era o irmão mais velho, mas ele não morreu, porque ele veio no bar outro dia."

Olho para a lâmpada através da taça de vinho.

Há um filamento laranja escuro dentro da esfera suave de vidro.

"Ele disse que ouviu falar de mim por você, Lilly, não fica falando muito, não fica falando muita coisa pra gente esquisita, não."

Depois de beber todo o vinho que estava sobre a penteadeira junto aos batons, escovas de cabelos e diversos outros vidros e caixas, Lilly tirou a calça pantalona de lamê dourado. A barriga marcada pelo elástico. Parece que ela já foi modelo um dia.

Há foto emoldurada na parede com ela vestindo um casaco de pele. Contou-me que era de chinchila e custava milhões de ienes. Uma vez, numa época de frio, chegou no meu apartamento com a cara pálida de tanto usar Philopon.[1] Tinha erupções na pele em volta da boca, tremia muito e, assim que abri a porta, entrou como se caísse para dentro.

Tira o esmalte pra mim, ele é grudento e me incomoda, ela disse algo assim quando eu a levantei. Estava em um vestido com um grande decote nas costas e suava tanto que a superfície

---

1   Nome comercial da droga sintética metanfetamina que era legalmente vendida e consumida no Japão como remédio para combater a fadiga. Seu uso foi restringido no início da década de 1950 por causar dependência química. [NE]

do colar de pérolas estava pegajosa. Como não havia remove-dor de esmaltes, passei tíner nas unhas das mãos e dos pés, aí ela disse em voz baixa, desculpa, aconteceram coisas ruins no bar. Enquanto eu esfregava as unhas segurando o tornozelo, Lilly ofegava e mantinha o olhar na paisagem que se via pela janela. Eu pus a mão por baixo da barra da saia e, enquanto a beijava, tocando o suor gelado da parte de dentro das coxas, tentei tirar a calcinha. Lilly, que ficou com as pernas ampla-mente abertas sobre a cadeira com a calcinha pendurada na ponta do pé, falou que queria ver TV naquele momento. Deve estar passando um filme antigo do Marlon Brando, o do Elia Kazan. O suor com cheiro de flor que havia molhado a palma da minha mão demorou a secar.

"Ryū, você usou morfina na casa do Jackson, não foi? Anteontem."

Lilly havia tirado um pêssego da geladeira e o descascava, enquanto perguntava. Está afundada no sofá com as pernas cruzadas. Eu recusei o pêssego.

"Não tinha uma mulher lá? Sabe, de cabelo vermelho e saia curta? Em boa forma, com um bumbum jeitoso, não tinha?"

"Não sei, tinha três mulheres japonesas lá, é a de cabelo *black power*?"

Posso ver a cozinha daqui. Um inseto escuro, provavelmente uma barata, andava sobre os pratos empilhados na pia, ainda sujos. Lilly fala enquanto limpa o caldo de pêssego derrama-do nas coxas nuas. É possível ver as veias vermelhas e azuis na perna em que está pendurado o chinelo. Sempre acho bonitos os vasos sanguíneos que se veem sob a pele.

"Ah, então ela tinha mesmo mentido, essa aí faltou lá no bar, não tem cabimento uma pessoa doente estar saindo em plena tarde com você, Ryū, e ela usou morfina também?"

"Você acha que o Jackson faria uma coisa dessas? Ele veio com a conversa de sempre de que meninas não podem fazer essas coisas, só porque não queria dividir. Então aquela garota é do seu bar? Ela ria bastante, fumou erva pra caramba e ria muito."

"Será que eu demito ela, o que você acha?"

"Mas ela faz sucesso, não é?"

"É, aquele tipo de bunda faz sucesso."

A barata está com a cabeça enfiada no prato cheio de ketchup pastoso e tem óleo nas costas.

Quando esmagamos uma barata saem fluidos de cores diversas, mas a parte de dentro daquela ali deve estar vermelha.

Uma vez matei uma que andava pela paleta para pintura e dela saiu um líquido roxo vívido. Como não estava com o roxo na paleta naquela ocasião, imaginei que as cores vermelha e azul haviam se misturado dentro daquele pequeno corpo.

"E o que o Ken fez? Obedeceu e foi embora?"

"Ah, eu falei pra ele entrar e disse que não tinha mulher nenhuma, perguntei se ele queria beber, ele disse que queria uma coca, e se desculpou dizendo, foi mal, tô chapado."

"Que bobagem."

"O pessoal que estava esperando no carro pegou uma mulher que passou, nossa, ela era bem coroa."

A maquiagem que resta brilha fraco na testa de Lilly. Ela joga no cinzeiro a semente do pêssego que havia acabado de comer, tira os grampos do cabelo tingido e começa a penteá-lo. Devagar, no sentido do cabelo, com o cigarro pendendo da boca.

"A irmã mais velha do Ken trabalhava no meu bar. Faz tempo, mas era bem inteligente."

"Ela saiu?"

"Parece que ela voltou pra terra natal. Disse que era lá no Norte."

O cabelo vermelho e macio enrosca na escova. Depois de arrumar o cabelo farto, Lilly se levantou de súbito e tirou uma seringa fina que estava dentro da caixa prateada na estante. Ao verificar através da luz a quantidade do líquido contido num frasco marrom, tirou uma certa quantidade com a seringa, agachou-se e injetou o conteúdo na coxa. As pernas que sustentam o corpo estão com um tremor sutil. Deve ter introduzido a agulha muito a fundo; depois que a tirou, um fio fino de sangue correu até a região do joelho. Lilly limpa a saliva que escorreu do canto da boca, ao mesmo tempo em que massageia a têmpora.

"Lilly, precisa desinfetar a agulha todas as vezes."

Sem responder, Lilly se deita na cama no canto do quarto e acende o cigarro. Um vaso sanguíneo grosso salta em seu pescoço, e ela expira fumaça, sem energia.

"Quer também? Ainda tem."

"Não precisa, hoje eu também tenho, e vem uns amigos."

Lilly esticou o braço até a mesa de cabeceira e começou a ler a edição de bolso de *A Cartuxa de Parma*. Abstraída, ela passa os olhos pelas letras, soprando fumaça na página aberta.

"Fico impressionado que consiga ler, você é mesmo diferente, Lilly."

Quando eu disse isso pegando a seringa que estava jogada no chão, ela disse ah, é legal, com a língua meio enrolada. Havia sangue na ponta da seringa. Quando entro na cozinha para lavar, a barata ainda está se mexendo no prato da pia. Matei a barata batendo nela com um jornal enrolado, tomando cuidado para não quebrar os pratos.

"O que você está fazendo?", Lilly pergunta, tirando o sangue da coxa com a unha.

"Vem aqui, vai."

Fala com uma voz muito dengosa.

O líquido que saiu da barata era amarelo. Esmagada, ficou grudada na borda da bancada e sua antena ainda se move um pouco.

Lilly tirou a calcinha da perna e me chamou de novo. *A Cartuxa de Parma* está jogada sobre o tapete.

Meu apartamento está repleto de um cheiro azedo. Havia um abacaxi sobre a mesa que não se sabia quando foi cortado e o cheiro vinha dele.

Suas bordas estão escurecidas e está completamente estragado, com um líquido viscoso no prato.

Okinawa, que está fazendo os preparativos pra usar heroína, está com a ponta do nariz cheia de suor. Ao ver isso, achei que era realmente uma noite quente e abafada, como Lilly disse. Não está quente? Hoje está muito quente, repetia Lilly, sacudindo sobre a cama úmida o corpo que ela deveria estar sentindo mais pesado.

"Ryū, quanto custou essa heroína?"

Reiko pergunta, tirando o disco do The Doors da bolsa de couro. Quando digo que foi dez dólares, Okinawa disse em voz alta, ah, é mais barato que em Okinawa. Ele está esquentando a ponta da agulha da seringa com o isqueiro. Desinfeta-a com um algodão umedecido com álcool e sopra para ver se não está entupida.

"Levei até um susto porque as paredes e o banheiro estavam novinhos, ali na delegacia de Yotsuya, sabe, renovaram lá recentemente, e o carcereiro novo era falante, fez uma piada sem graça de que ali era melhor que o alojamento pra solteiros da polícia, e tinha um velho que falava coisas só pra agradar e ficava rindo, eu não me sentia bem, não."

Os olhos de Okinawa têm um tom amarelado. Ele estava tomando uma bebida de cheiro esquisito contido na garrafa de leite e quando chegou ao apartamento já estava bastante embriagado.

"É sério que você ficou num centro de recuperação lá em Okinawa?"

Perguntei a Okinawa enquanto abria o papel-alumínio que envolvia a heroína.

"Ah é, meu velho me botou em um, numa casa de recuperação dos esteites, porque o cara que me pegou era da polícia do Exército, daí iam me tratar numa instituição militar americana e depois me mandariam pra cá, Ryū, os Estados Unidos são bem avançados mesmo, eu achei isso de verdade."

Reiko, que estava olhando para a capa do disco do The Doors, entra na conversa:

"Ele disse que injetam morfina na gente todos os dias, Ryū, não é ótimo? Eu também quero ficar num centro de recuperação dos esteites."

Enquanto junta a heroína no centro do papel-alumínio usando um limpador de ouvido, Okinawa diz:

"Tá doida, viciada meia-boca que nem você não pode entrar, é só pros viciados perdidos mesmo, já não te disse? Só pode entrar gente que nem eu, que tem caroços de injeção nos dois braços, e tinha uma enfermeira meio sexy chamada Yoshiko, e ela aplicava injeção na minha bunda todos os dias. Empinava a bunda, assim, e ela enfiava a agulha fundo no meu traseiro enquanto eu ficava vendo as coisas pela janela, como o pessoal jogando vôlei, e o pinto tá encolhido porque o corpo tá enfraquecido, sabe? Ah, eu tinha vergonha de mostrar pra Yoshiko, se tiver uma bunda grande que nem a sua, Reiko, não vai dar, não."

Reiko dá um muxoxo de contestação a Okinawa, que disse que a bunda dela era grande, vai para a cozinha e abre a geladeira dizendo que queria beber algo.

"Ué, não tem nada?"

Okinawa aponta para o abacaxi sobre a mesa e fala, pega esse, não é da sua terrinha?

"Ai, Okinawa, você gosta mesmo de coisa estragada, né, que roupa é essa? Tá cheirando mal."

Reiko diz enquanto bebe *Calpis* diluído em água. Brincando com o gelo que está na sua bochecha.

"Logo, logo vou ser uma viciada perdida de verdade, se eu não ficar tão viciada que nem o Okinawa, acho que vai ser difícil depois que nos casarmos, e a gente vira dois viciados e mora junto, aí quero que a gente vá tentando parar aos poucos."

"A lua de mel vai ser no centro de recuperação?"

Pergunto, rindo.

"É. Né, Okinawa, a gente vai fazer assim, né?"

"Boa ideia, vai em frente, vocês colocam os traseiros um do lado do outro pra tomar a injeção de morfina, falando eu te amo um pro outro."

Okinawa ri um pouco dizendo deixa de bobagens, imbecil, e enxuga com um guardanapo a colher grande que estava de molho na água quente. Com o limpador de ouvidos, coloca uma quantidade correspondente à ponta de um fósforo na colher de aço inoxidável que tinha a pega entortada em forma de arco. Reiko, se você espirrar agora vou te matar. Encaixa a agulha na seringa de uso militar de 1 mililitro, daquelas de puxar com o êmbolo. Reiko acendeu uma vela. Com a seringa, pinga gotas de água na heroína sobre a colher com cuidado.

"Ryū, vai fazer festa de novo?", perguntou Okinawa esfregando o dedo levemente trêmulo na calça.

"É, os negros pediram."

"Reiko, você vai na festa, não vai?", indaga Okinawa a Reiko, que embrulhava o restante da heroína no papel-alumínio. Reiko olhou para mim e respondeu que sim, mas que não tinha problema.

"Se você ficar noiada e dormir com negros, você vai ver só."

Põe a colher sobre a vela. A solução ferve num instante. A colher libera vapor do conteúdo que borbulha e sua parte de baixo fica preta, suja de fuligem. Okinawa a afasta do fogo devagar e sopra-a para esfriar, como quando se dá sopa para um bebê.

Ele diz para mim, sabe, lá na prisão, enquanto pega um pedaço de algodão esterilizado.

"Sabe, lá na prisão, por todo aquele tempo eu fiquei sem, né? Sonhei umas coisas assustadoras, não consigo mais me lembrar bem, mas aparecia o meu irmão mais velho, e como sou o quarto filho, não conheço esse irmão. Ele morreu na guerra, em Oroku, e por isso nem conheci, e nem tem fotos dele, no altar lá de casa só tem um desenho malfeito que meu pai fez, e esse irmão apareceu no meu sonho, não acha estranho? É esquisito, né?"

"E o seu irmão disse alguma coisa?"

"Ah, esses detalhes já esqueci."

Embebe no líquido já frio o algodão esterilizado picotado no tamanho da unha do polegar. Okinawa introduz a ponta da agulha no algodão que, molhado, está mais pesado. Emitindo um som tênue como o de um bebê mamando, o líquido transparente vai se acumulando aos poucos no cilindro de vidro. Ao terminar de sugar, Okinawa lambe os lábios enquanto tira o ar de dentro da seringa, empurrando levemente o êmbolo.

"Deixa a Reiko aqui fazer, vai, eu faço no Ryū, eu fazia em todo mundo lá em Okinawa."

Reiko dizia de mangas arregaçadas.

"Não, você mandou cem dólares pelos ares uma vez porque fez errado, para de ficar empolgada como se estivesse fazendo bolinhos de arroz pro piquenique, que vergonha, vai, amarra o braço do Ryū com esse negócio."

Reiko fez um bico e olhou feio para Okinawa, depois amarrou firme meu braço esquerdo com uma fita de couro. Ao fechar o punho esquerdo com força, veias grossas ficam visíveis. Depois de passar álcool umas duas, três vezes, Okinawa afundou a ponta da agulha molhada na pele em direção à veia inchada. Ao abrir a mão que estava fechada, o meu sangue escuro entra no cilindro em contrafluxo. Okinawa dizia olha aí, olha aí, enquanto pressionava o êmbolo devagar, injetando de uma vez a heroína misturada com sangue para dentro de mim.

Pronto, e aí? Okinawa ri e tira a agulha. Quando a pele vibrou soltando-se da agulha, a heroína já corria para a ponta dos dedos e um impacto agudo chegava até meu coração. Algo parecido com uma névoa branca cobre minha visão e eu não consigo ver direito o rosto de Okinawa. Eu me levantei com a mão no peito. Quero inspirar ar, mas não consigo fazer isso direito porque o ritmo da respiração havia mudado. A cabeça está formigando como se tivesse levado um soco e a boca está seca como se estivesse em chamas. Reiko me segura pelo ombro direito, tentando me dar apoio. Ao engolir a escassa saliva que saiu da gengiva seca, a náusea me atacou como se ela subisse a toda velocidade da ponta dos meus pés, e eu me joguei na cama, ganindo.

Reiko me sacode pelo ombro, mostrando-se preocupada.

"Será que não foi demais? Ryū ainda não usou muitas vezes, olha, tá branco, será que vai ficar bem?"

"Não pus muito, não vai morrer, ah, não vai morrer, não, Reiko, traz uma bacia, com certeza ele vai vomitar."

Enterro o rosto no travesseiro. A garganta está seca, mas a saliva transborda por meus lábios sem parar, e sempre que a lambo com minha língua, uma náusea violenta assola meu baixo ventre.

Mesmo inspirando com toda a minha força, só entra um pouco de ar. E não era do nariz ou da boca, parecia que havia um buraco pequeno no peito e o ar se esgueirava por ali. Meu quadril está dormente a ponto de não conseguir me mexer. Uma dor angustiante perfura meu coração de tempos em tempos. A veia que salta nas têmporas pulsa, como num ímpeto. Ao fechar os olhos, tenho a terrível sensação de ser engolido por um vórtice morno numa velocidade estonteante. É como se todo meu corpo estivesse recebendo carícias sensuais e viscosas, e derretesse como um queijo sobre o hambúrguer. A parte fria e quente do corpo estão se movendo separadas, como a água e o óleo se separam dentro de um tubo de ensaio. O calor se move dentro da minha cabeça, da garganta, do coração e do meu órgão sexual.

Tento chamar por Reiko, mas minha garganta está contraída e não emite voz. Estou querendo cigarro há um tempo. Quero chamar a Reiko para isso, mas quando abro a boca, as cordas vocais vibram, fracas, produzindo só um ruído agudo. Posso ouvir o som do relógio vindo de onde Reiko e Okinawa estão. O som regrado chega aos meus ouvidos de um jeito estranhamente gentil. Praticamente não enxergo. À direita do meu campo de visão, que se assemelha com o reflexo caótico da superfície da água, há um tremular ofuscante que faz doer a vista.

Quando penso que aquilo deve ser a vela, Reiko aproxima-se do meu rosto, pega minha mão, verifica meu pulso e diz a Okinawa, não tá morto, não.

Mexo a boca, desesperado. Levantei o braço que estava pesado como chumbo, toquei o ombro da Reiko, e emiti uma voz baixa, dizendo, me dá um cigarro. Reiko coloca um cigarro aceso nos meus lábios molhados com a saliva e diz, virando-se para Okinawa, ei, olha só como estão os olhos do Ryū, parece uma criancinha com medo, tá tremendo, tadinho, ai, tá até lacrimejando.

A fumaça arranha as paredes do pulmão como se fosse um ser vivo. Okinawa põe a mão no meu queixo, levanta minha cabeça e verifica minhas pupilas, falando à Reiko, essa foi por pouco, caramba, se ele tivesse dez quilos a menos, tava ferrado. O rosto de Okinawa está com os contornos borrados como o sol visto através do guarda-sol de náilon enquanto se está deitado na areia da praia no verão. Sinto como se tivesse me tornado uma planta. Aquelas acinzentadas, que ficam com as folhas fechadas à sombra, que não produzem flor e ficam somente a liberar ao vento seus esporos envoltos em pelos acetinados, uma planta reservada tal qual a samambaia.

A luz se apagou. Ouço o som de Okinawa e Reiko se despindo. O volume do disco aumentou. *The Soft Parade*, do The Doors, e o som do atrito no tapete e os gemidos contidos de Reiko nos intervalos chegam aos meus ouvidos.

A imagem de uma mulher saltando do topo de um prédio surge em minha mente. Seu rosto está contorcido de medo, olhando para o céu que se distancia, enquanto move os braços e as pernas como se estivesse nadando, debatendo-se, querendo subir de volta. O cabelo que estava preso se solta no meio da queda e se esvoaça como algas n'água, imagens de árvores das ruas, carros e pessoas ficando maiores, os lábios e nariz retorcidos com a resistência do ar, cenas que parecem ter saído de um sonho perturbador de uma noite de verão — quando todo o corpo fica suado — me vêm à cabeça. O movimento da mulher que cai do prédio, como num filme preto e branco em câmera lenta.

Reiko e Okinawa enxugaram o suor um do outro e acenderam a vela novamente. Incomodado com a luz, viro meu corpo. Eles falam em voz baixa e eu não consigo distinguir as palavras daqui. De quando em quando, sinto uma contração acompanhada de intensa ânsia de vômito. A náusea vem como uma onda forte. Resisto mordendo os lábios e segurando o lençol, e percebo que quando essa náusea acumulada na cabeça se esvai, sinto um prazer muito parecido com o da ejaculação.

"Okinawa, seu, seu safado!"

A voz aguda de Reiko ressoou. E o som de vidro quebrando. Um deles se jogou na cama, o colchão afundou e meu corpo se inclinou nessa direção. E o outro, provavelmente Okinawa, diz em voz baixa, imbecil, e sai batendo a porta com violência. A vela é apagada pelo vento e ouve-se o som de alguém correndo escada de metal abaixo. Posso ouvir somente a respiração baixa de Reiko no quarto escuro, e vou perdendo a consciência enquanto resisto à ânsia de vômito. Sinto um cheiro muito próximo ao do abacaxi estragado, o cheiro doce vindo das axilas de Reiko, mestiça. Lembro do rosto de uma mulher. O rosto de uma mulher estrangeira que vi há muito tempo em sonho ou em um filme, magra e com longos dedos dos pés e das mãos, que despiu a camisola deixando-a cair lentamente dos ombros e estava tomando banho do outro lado de uma parede transparente e — com gotas d'água respingando do queixo anguloso — fitava os seus olhos verdes refletidos no espelho...

O homem andando à minha frente parou e jogou o cigarro na vala onde corria água. Ele avança segurando firme com a mão esquerda a muleta ainda nova de duralumínio. Escorria suor pelo seu pescoço, e pelos movimentos do homem imaginei que o problema na perna dele fosse recente. A mão direita parece dura e pesada, e como a sua perna está esticada, a marca do pé que foi arrastado se estende pelo chão.

O sol estava no zênite. Reiko despe a jaqueta enquanto anda. A camisa um tanto apertada, colada ao corpo, está úmida de suor.

Reiko está sem energia, talvez não tivesse conseguido dormir na noite passada. À frente do restaurante, sugeri comermos algo, mas ela só abanou a cabeça sem responder.

"O Okinawa também é cabeça-dura, naquele horário nem tinha mais trem."

Já foi, Ryū, já basta. Reiko disse em voz baixa e rasgou uma folha da árvore de choupo plantada na calçada.

"Como se fala mesmo essas linhas finas? Hein, Ryū, essas aqui, você sabe?"

A folha rasgada ao meio estava suja de poeira.

"Não são nervuras?"

"Ah é, nervuras, eu era do clube de biologia no ginásio, sabe, coletei espécimes disso aqui pra guardar. Esqueci o nome, mas quando coloca num produto químico, sobra só isso aqui, que fica branco, e o resto da folha derrete, só sobram as nervuras."

O homem de muleta está sentado no banco do ponto de ônibus olhando para a tabela de horários. A placa do ponto de ônibus diz "Hospital Geral Fussa". O hospital grande ficava à esquerda e no pátio em forma de leque havia pouco mais de uma dezena de pacientes vestidos com quimono leve fazendo ginástica sob as instruções das enfermeiras. Todos estão com faixas grossas no tornozelo e flexionam partes do corpo como a cintura e o pescoço ao som do apito. As pessoas que andam em direção à entrada do hospital olham para os pacientes.

"Hoje vou pro seu bar. Quero falar da festa pra Moko e pra Kei, será que elas vêm hoje?"

"Vêm sim, elas vêm todos os dias. E eu queria mostrar pra você também."

"O quê?"

"Os espécimes disso aqui, coletei folhas de vários tipos, lá muita gente junta espécimes de insetos, porque lá tem mais borboletas bonitas que aqui, mas coletei espécimes das nervuras e recebi elogio do professor, recebi um prêmio e até fui pra Kagoshima, ainda tá na gaveta da minha escrivaninha, eu guardo com carinho, queria te mostrar."

Reiko jogou a folha de choupo na rua ao chegar na estação. As telhas sobre a plataforma emitem um brilho prateado e eu ponho os óculos de sol.

"Já é verão, que calor."

"Oi? O quê?"

"Não, só disse que já é verão."

"O verão é mais quente."

Reiko disse, mantendo o olhar fixo nos trilhos.

O som de alguém mastigando comprimidos de Nibrole num canto do bar chega até o balcão, onde eu estava tomando vinho.

Reiko fechou o bar cedo e jogou sobre a mesa os duzentos comprimidos de Nibrole, remédios que, segundo ela, Kazuo havia roubado de uma drogaria em Tachikawa, e disse, é o esquenta para a festa.

Depois disso, ela subiu no balcão, tirou a meia-calça enquanto dançava ao som do disco, me abraçou e ficou enfiando na minha boca a língua que cheirava a remédio. Agora há pouco vomitou um sangue enegrecido junto aos dejetos, deitou-se no sofá e desde então não quer mais se mexer. Yoshiyama joga para o lado o cabelo longo com a mão e fala com Moko, fazendo tremer a gota d'água em seu queixo. Moko olha para mim, mostra a língua e pisca. Ei, Ryū, há quanto tempo, não trouxe nenhuma lembrancinha? Não tem haxixe ou nada do tipo? Yoshiyama vira para mim e pergunta, rindo. Com as mãos sobre o balcão e balançando os chinelos de borracha pendurados no pé, pendendo da cadeira. A língua arde de tanto fumar cigarro. A acidez do vinho aperta a garganta seca. Escuta, não tem um vinho mais doce? Kei está contando para Kazuo, que estava com uma expressão sonolenta sob efeito de Nibrole, sobre ter ido para Akita por causa de um trabalho de modelo nu. Bebe uísque diretamente da garrafa e joga amendoins na boca um a um e diz, Kazuo, eles me amarraram no palco, sabe, com uma corda áspera, euzinha aqui fui amarrada. Não acha isso horrível? Kazuo não lhe dá ouvidos. Ele espia pelo visor da Nikomat, câmera que está na sua mão, e aponta-o para mim, e que ele costuma dizer ser mais importante que a própria vida.

Nossa, você devia ouvir direito o que os outros dizem, viu? Kei empurra as costas de Kazuo e o derruba no chão. O que é isso, não exagera, não, nossa, quase que quebra. Kei deu uma risada de escárnio, tirou sua blusa e dançou em ritmo lento e sugou a língua de quem quer que topasse com ela.

Meu corpo estava mole, talvez por causa da heroína do dia anterior, e eu não quis tomar Nibrole. Hein, Ryū, vamos pro banheiro. O Yoshiyama ficou pegando em mim e agora estou molhada, diz Moko, se aproximando de mim. Está com um vestido vermelho de veludo e um chapéu que combina, com os cantos dos olhos carregados de maquiagem da mesma cor. Ryū, você se lembra que você me comeu no banheiro do Soul Eat, não se lembra? Os olhos de Moko estão turvos e desfocados. Fala com uma voz dengosa, mostrando a ponta da língua de dentro da boca. Lembra, né? Você mentiu na cara dura, falando que a polícia tinha vindo e a gente tinha que se esconder, aí me fez ficar numa posição esquisita naquele banheiro apertado, esqueceu?

Nossa, não sabia dessa, não, Ryū, é verdade? Cê é um tarado sem salvação, hein, fez uma coisa dessas, com essa cara de bicha, não sabia não. Yoshiyama fala alto, pousando a agulha no disco de vinil. Do que você tá falando, Moko, para de inventar, é mentira, Yoshiyama, eu respondo. Mick Jagger começa a cantar num volume ensurdecedor. É uma música bem antiga, "Time is on My Side". Moko coloca a perna sobre minhas coxas e fala enrolado, não mente não, Ryū, não mente, eu gozei quatro vezes daquela vez, quatro, não tem como esquecer.

Reiko se levantou com a cara pálida e balbuciava para ninguém em particular, que horas são agora, que horas são? Foi cambaleando até o balcão, tomou o uísque da mão de Kei, despejou o líquido garganta abaixo e voltou a tossir violentamente. Ai, como você é boba, Reiko, fica quieta aí dormindo. Dizendo assim, Kei pega o uísque de volta de modo brusco, limpa com a mão a saliva de Reiko que havia ficado na boca da garrafa e bebe mais um pouco. Kei empurra o peito de Reiko, que se choca contra o sofá, cai e agora fala para mim. Olha, não coloca o volume muito alto, não, o pessoal do *mahjong* aí de cima vai reclamar que tá fazendo muito barulho e eu que levo bronca. É um cara chato que denuncia pra polícia, então será que podem deixar mais baixo?

Eu estava agachando em frente ao amplificador para abaixar o volume quando Moko subiu em mim, soltando um grito bizarro. Suas coxas geladas apertam meu pescoço. Nossa, Moko, quer tanto trepar com o Ryū assim? Eu te como, não pode ser eu não? Eu ouço a voz de Yoshiyama vindo de trás. Quando belisquei a coxa, Moko gritou e caiu no chão. Imbecil, tarado, Ryū, seu imbecil, você virou broxa, né, você tá broxa, eu ouvi dizer que você tá dando pros pretos, tá usando droga demais. Talvez Moko estivesse com preguiça de se levantar, ela ri e chuta minhas pernas, jogando os sapatos de salto alto em mim.

Reiko afunda a cara no sofá e fala em voz baixa. Ai, quero morrer, meu peito dói, ai, meu peito tá doendo, eu quero morrer. Kei afasta os olhos da capa do disco dos Stones e se volta para Reiko, então morre, ué. Não é, Ryū, não acha? Quem quiser morrer, que morra, devia morrer em vez de ficar resmungando, que idiota, a Reiko só quer atenção.

Kazuo coloca o flash na Nikomat e fotografa Kei. Com o clarão do flash, Moko, que estava jogada no chão, sem forças, levantou o rosto. Ai Kazuo, para com isso, não fica tirando foto sem avisar. Euzinha aqui sou profissional, cobro cachê, viu? O que é esse negócio que brilha, hein? Que troço chato, odeio foto, para de usar esse negócio que brilha, é por isso que você não arranja ninguém.

Reiko geme de sofrimento, vira o corpo e vomita uma massa pastosa. Kei correu depressa até ela, forrou o lugar com jornal, limpou a boca dela com uma toalha e massageou suas costas. Naquela massa havia muitos grãos de arroz, provavelmente do *yakimeshi* que havíamos comido no jantar. Na superfície amarronzada que se formou no jornal está refletida a luz da lâmpada vermelha do teto. Reiko resmunga alguma coisa com os olhos fechados. Quero voltar, quero voltar, voltar, ah.

Yoshiyama levanta Moko que estava deitada e, enquanto abre o vestido no peito desabotoando-o, responde aos murmúrios de Reiko dizendo, é mesmo, agora é que começa a época boa em Okinawa. Moko se desvencilha da mão de Yoshiyama que tentava pegar em seu peito, agarra Kazuo e emite aquela voz dengosa, tira uma foto minha, vai. Eu saí na revista *an an* com o último trabalho de modelo que fiz, em páginas coloridas ainda, não é, Ryū, você viu, né?

Kei esfrega o dedo no jeans para limpar a saliva de Reiko e repousa a agulha num disco novo. *It's a Beautiful Day*. Ai, a Reiko tá querendo atenção. Kazuo esparrama as pernas e deita-se no sofá, apertando o disparador a esmo. O flash pisca sem parar e eu cubro os olhos toda vez. Ei, Kazuo, chega, vai acabar com a pilha.

Yoshiyama tentou dar beijo de língua na Kei e foi rejeitado. Que foi, hein? Cê ficou desde ontem falando que tava querendo, na hora de dar comida pra gata, tava falando pra Kuro, tanto você como eu queremos um homem, né? Só um beijinho, vai?

Kei bebe uísque sem dizer nada.

Moko faz pose em frente a Kazuo. Ajeitando o cabelo com a mão e sorrindo com simpatia. Olha, Moko, mesmo falando xis, não tá saindo um sorriso agora, sabe.

Kei berra com Yoshiyama:

"Cala a boca, me deixa em paz, euzinha fico com raiva olhando pra essa sua cara, sabe aquele porco empanado que você comeu agora há pouco? Foi com dinheiro de trabalhador da roça lá de Akita, mil ienes que o lavrador deu pra euzinha aqui com as mãos sujas de terra, você sabia?"

Moko olha para mim e diz, mostrando a língua:

"Odeio você, Ryū, seu tarado!"

Querendo tomar água gelada, estava quebrando o gelo com o picador e acabei atingindo minha mão. Kei, que dançava sobre o balcão ignorando Yoshiyama, desceu, ficou perguntando, Ryū, já parou de tocar instrumentos? E lambeu o sangue que jorrava do furo em meu dedo.

Reiko se levanta no sofá e pede, olha, por favor, deixa o disco mais baixo, mas ninguém se aproxima do amplificador.

Enquanto seguro o guardanapo contra o dedo, Moko se aproxima de mim com os botões do vestido todos abertos no peito e pergunta rindo, Ryū, quanto você ganha dos pretos?

Como assim? Está falando da festa? Hein, quanto você ganha dos pretos deixando eles dormirem comigo e a Kei? Olha, não é que eu tô querendo criticar nem nada.

Sentada no balcão, Kei então diz para Moko. Ai, Moko, para de falar uma coisa tão estraga-prazeres como essa, se você quer dinheiro eu te apresento alguém. A festa não é por dinheiro, é pra a gente se divertir.

Moko enrola em seu dedo a corrente de ouro que pende no meu pescoço e pergunta com um sorriso malicioso, você ganhou esse aqui dos pretos também, não foi?

Sua besta, esse aqui eu ganhei de uma menina da sala no colegial. Eu toquei "The Shadow of Your Smile" no aniversário dela e ela se emocionou, o pai tem uma madeireira grande, riquinha. Mas Moko, não pode falar preto, vão te matar, eles sabem a palavra preto em japonês. Se você não gosta, não precisa vir, não é, Kei? Têm muitas mulheres que pedem pra chamar pra festa além de você.

Ao ver Kei meneando, com a boca cheia de uísque, Moko diz, ai, não fica bravo, não, é só brincadeira, e se agarra em mim.

Vou sim, claro que vou, os pretos são fortes e eles ainda dão haxixe, né? Ela diz isso enquanto enfia a língua em mim. Kazuo aproximou o Nikomat em mim praticamente encostando-o no meu nariz e apertou o disparador quase ao mesmo tempo em que eu gritei, não, Kazuo! Minha visão fica branca e não enxergo nada, como quando se é golpeado na cabeça com força. Moko bate palmas, alegre. Eu me escoro no balcão, escorregando, quase caindo, e Kei me dá apoio, passando o uísque da boca dela para a minha. Kei está com um batom pegajoso que fede a óleo. O uísque com gosto de batom desce queimando minha garganta.

Desgraçada! Para, para com isso, Yoshiyama jogou a revista de mangás *Shōnen Magazine* que estava lendo no chão e berrou. Então o Ryū você beija, é, Kei? Ele começa a andar, cambaleia e derruba a mesa, os copos se quebram fazendo barulho, a cerveja jorra espuma e os amendoins se espalham pelo chão. Com o barulho, Reiko levanta o corpo e grita, sacudindo a cabeça, gente, vai embora! Vai embora. Massageando as têmporas com a mão e colocando um cubo de gelo na boca, cheguei mais perto de Reiko. Reiko, não se preocupa, não, eu vou arrumar tudo depois. Aqui é o meu bar, fala pra todo mundo ir embora, vai, Ryū. Você pode ficar, mas fala pra eles irem embora. Falando isso, Reiko segura e aperta minha mão.

Yoshiyama e Kei se encaram.

Então o Ryū você beija, é?

Kazuo fala temeroso para Yoshiyama: Yoshiyama, não é isso, foi minha culpa, é que fiquei ofuscando a vista do Ryū com o flash e ele caiu, aí a Kei deu uísque na boca dele pra reanimar. Ele é jogado para o lado por Yoshiyama, que diz vai pra lá, quase deixa cair a Nikomat e estala a língua, nossa, qual é a sua? Moko, que tinha segurado o braço de Kazuo, murmura, ai, mas que bobagem, né.

Que foi, tá com ciúmes? Kei fala, enquanto balança as rasteirinhas dependuradas nos pés, fazendo barulho. Reiko me olhou com os olhos inchados de tanto chorar e puxou a manga da minha camisa, dizendo, me dá um pouco de gelo. Enrolo gelo num guardanapo de papel e ponho na têmpora dela. Kazuo apertou o disparador com a câmera direcionada a Yoshiyama, que estava de pé encarando Kei, e quase apanhou. Moko gargalha.

Kazuo e Moko disseram que iriam embora. A gente quer ir ao banho público.

Moko, fecha esses botões, se não os *yakuza* vão encrencar com você. É amanhã às 13h nas catracas da estação Kōenji, entendeu? Não é pra atrasar. Moko responde rindo, eu sei, seu tarado, não vou esquecer. Vou me embonecar bastante. Kazuo aperta o disparador novamente na nossa direção, agora de joelho na rua.

O bêbado que passava cantarolando disse algo e se virou ao relampejar do flash.

Reiko está com um tremor quase imperceptível. O gelo que havia envolvido no guardanapo de papel caíra no chão e derretera quase que totalmente.

Como euzinha estou me sentindo não é da sua conta, Yoshiyama, não somos nada. Não tem nenhuma regra dizendo que tenho que transar com você, não é?

Kei fala a Yoshiyama calmamente, expelindo a fumaça do cigarro para cima.

De qualquer forma, só não fique reclamando, entendeu? Euzinha não me importo da gente se separar, pode até ser ruim pra você, mas euzinha não me importo. Por que você não bebe mais? Afinal, é o esquenta pra festa, não é, Ryū?

Eu me sentei ao lado de Reiko. Ao colocar minha mão em sua nuca, seu corpo tem um espasmo e uma saliva de odor desagradável é expelida de sua boca sem cessar.

Kei, para com essa de euzinha, não fala essa palavra chata pra se referir a você mesma. Tudo bem, a partir de amanhã eu vou trabalhar, tá bom assim?

Assim diz Yoshiyama a Kei, que está sentada no balcão. Tá bom assim? Eu vou ganhar dinheiro, tá?

Ah é? Trabalha sim, isso vai me ajudar. Kei balança as pernas.

Não tem problema você me trair, Kei, mas você fica aí falando euzinha, e você tá irritada com alguma coisa, não tá? Eu acho que é falta daquilo, e mesmo que não seja, vou trabalhar de estivador em Yokohama de novo, tá bom?

Yoshiyama disse isso apertando a coxa de Kei. O jeans apertado está colado às coxas de Kei e a gordura localizada da sua barriga, um pouco flácida, está sobre o cinto.

Do que você tá falando? Não fala bobagem, que vergonha. Olha só, até o Ryū tá rindo, não faço ideia do que você tá falando, euzinha sou euzinha, é só isso.

Para de falar euzinha! Que coisa, onde é que você aprendeu a falar assim?

Kei joga o cigarro na pia. Enquanto passava o braço pela camisa que havia deixado jogada, falou a Yoshiyama:

"Da minha mãe, a minha mãe se refere a si mesma como euzinha, não sabia? Você foi passear lá em casa uma vez, não tinha uma mulher que tava na mesa *kotatsu* junto com o gato, comendo *senbei*? Aquela é a minha mamãe, e aquela lá fala dela mesma como euzinha, você não ouviu?"

Yoshiyama olhou para baixo e disse, Ryū, me dá um cigarro, mas quando joguei um ele deixou cair no chão. Pegando-o do chão depressa, ele põe na boca o cigarro Kool meio molhado de cerveja e, enquanto o acende, diz em voz baixa, Kei, vamos embora.

Vai embora você, euzinha não quero ir.

Limpo a boca de Reiko enquanto pergunto a Yoshiyama, você não vai vir pra festa amanhã?

Tudo bem, Ryū, deixa. Ele disse que vai trabalhar, então deixa ele trabalhar. Não vai mudar nada se o Yoshiyama não vier, não é? Vai embora pro apartamento logo, se não dormir logo, não vai conseguir acordar. Você não vai pra Yokohama amanhã? Tem que acordar cedo, né?

Ô Yoshiyama, você não vem mesmo?

Yoshiyama não respondeu, foi para o canto do recinto e tentou colocar o disco do Left Alone no tocador que ainda rodava. Quando ele estava tirando o disco da capa com a foto fantasmagórica de Billie Holiday, Kei desceu do balcão e disse ao pé do ouvido de Yoshiyama, ah, coloca Stones, vai.

Vamos parar, Kei, não me fala mais nada, não.

Yoshiyama olha para Kei, ainda com o cigarro na boca.

Que asno, que disco é esse, vai ficar querendo ouvir esse piano sem graça, parece um velho moribundo, isso aí é *naniwabushi*[2] dos negros, sabia? Vai, Ryū, fala alguma coisa, ó, esse é o mais novo dos Rolling Stones, você ainda não ouviu, né? Chama *Sticky Fingers*.

---

2   *Naniwabushi* ou *rōkyoku* são canções narrativas entoadas ao som do instrumento de cordas *shamisen*. Por abranger com frequência temas referentes a senso de justiça, humanidade e angústias do amor, este gênero de arte tradicional japonesa é comumente associada a coisas que remetem a tais assuntos ou que sejam consideradas antiquadas e populares. [NE]

Sem responder nada, Yoshiyama pôs Mal Waldron na mesa giratória.

Kei, já está tarde e a Reiko disse pra não aumentar muito o volume, não foi? Ouvir Stones em volume baixo não tem graça, não é?

Kei fechou os botões da camisa e arrumava o cabelo olhando para o espelho ao perguntar: como ficou amanhã?

Vai ser às 13h nas catracas da estação Koenji. Kei assente com a cabeça enquanto passa batom.

Yoshiyama, hoje eu não vou voltar pro apartamento, vou lá pra casa de Siam, não esquece de dar leite pro gato, não o da geladeira, é o que tá na estante, não erra, viu?

Yoshiyama não responde.

Quando Kei abriu a porta, um ar gelado e úmido entrou. Ah, Kei, pode deixar aberto um pouco.

Yoshiyama enche o copo de gin ao som de Left Alone. Catei os cacos de vidro que estavam espalhados no chão e os juntei sobre o jornal encharcado com o vômito de Reiko. Não queria falar disso, mas a gente tá assim ultimamente, murmura Yoshiyama, olhando para o teto de um jeito distraído.

Foi assim também antes de ir pra Akita a trabalho, a gente dorme separado à noite, cara, e olha que eu não fiz nada.

Pego a coca da geladeira e tomo. Yoshiyama recusou com a mão e virou o copo de gin.

"Ela tava falando que queria ir pro Havaí, lembra que ela disse muito tempo atrás que o pai talvez estivesse lá? Eu tava pensando em juntar dinheiro pra ela poder ir, se bem que nem sei se o cara que tá no Havaí é o pai dela.

"Eu queria trabalhar e juntar dinheiro, mas sei lá, não sei mais o que ela tá pensando, tá daquele jeito todos os dias."

Após concluir sua fala, Yoshiyama levantou-se com a mão contra o peito e foi para fora depressa. Ouço o som dele vomitando na vala de esgoto. Reiko havia adormecido. Está respirando pela boca. Peguei um cobertor no depósito ao fundo, delimitado por uma cortina, e a cobri com ele.

Yoshiyama volta segurando a barriga. Limpa a boca com a manga. Há restos amarelados do vômito no seu chinelo de borracha também e todo o seu corpo exala um cheiro ácido. Ouve-se o som delicado da respiração de Reiko.

"Vem amanhã, Yoshiyama, vai ter festa."

"Ah, a Kei tá animada, falando que quer trepar com os pretos de novo, mas pra mim tanto faz. O que a Reiko tinha hoje? Tava alterada."

Sento-me em frente a Yoshiyama. Tomo um gole de gin.

"Ela brigou com o Okinawa na minha casa, a injeção dela não deu certo de novo, sabe?

"É que ela é gorda aí as veias não aparecem, né, aí o Okinawa ficou impaciente e usou tudo, até o da Reiko."

"Que bestas, e você ficou só vendo? Ficou vendo que nem idiota?"

"Não, eu usei antes e estava todo zoado, jogado na cama, achei que ia morrer. Deu medo, cara, foi um pouco demais, deu medo."

Yoshiyama dissolve mais dois comprimidos de Nibrole no gin e toma.

Sinto fome, mas não tenho vontade de comer nada. Ao espiar a panela no fogão pensando em ao menos tomar uma sopa de missô, vi sua superfície coberta por um bolor cinza, os tofus derretendo com a decomposição.

Yoshiyama disse, ah, queria tomar um café com bastante leite, então aguentei o cheiro da sopa de missô e esquentei o café que estava na garrafa térmica.

Yoshiyama verteu o leite até a borda da xícara e levou-a à boca segurando firme com as duas mãos, então gritou, ai, tá quente! Fez um bico e vomitou sobre o balcão tudo o que estava em sua barriga, como um jato d'água.

Ah, merda, é sinal de que é pra eu beber só álcool, mesmo. Falando isso, bebeu o gin que restava no copo num gole só. Ele começou a tossir um pouco, então passei a mão pelas costas dele, aí ele disse você é muito gentil, virando-se e retorcendo os lábios. As costas de Yoshiyama estão meladas, geladas e têm um cheiro azedo.

"Depois daquilo fomos pra Toyama, a Reiko te contou, né? Depois de ir pra sua casa, sabe, minha mãe morreu, você ficou sabendo, não ficou?"

Eu meneio com a cabeça. O copo de Yoshiyama se enche de gin de novo. O café que estava doce demais estimula a língua áspera com persistência.

"Quando ela morreu, senti uma coisa estranha, foi a primeira vez que senti aquilo. Na sua família tá todo mundo bem?"

"Está sim, se preocupam comigo e mandam um monte de cartas."

A última música de Left Alone terminou. O disco ainda gira, fazendo um ruído como quando se rasga um tecido.

"Não, é que a Kei falou pra levar ela junto, falou que queria ir pra Toyama, disse que não queria ficar sozinha no apartamento. Dá até pra entender, né? Aí eu deixei ela na pousada, mas só a diária foi 2 mil ienes, caro, viu."

Eu desliguei o aparelho de som. Os pés de Reiko estão saindo do cobertor e as solas estão pretas de sujeira.

"E aí no dia do funeral a Kei me liga falando que tá se sentindo solitária e pediu pra eu ir lá. Falei que não tinha como, aí ela me ameaçou falando que ia se matar, aí eu fui, né? Ela ouvia um rádio antigo que tava no *toko no ma*[3] do quarto sujo de 10 metros quadrados. E me perguntou se ali não pegava a estação FEN, mas é claro que a transmissão da rádio militar americana não chega até lá, né? E aí ela perguntou várias coisas sobre a minha mãe, umas coisas bestas, sabe? E ela sorria forçado de um jeito estranho, nossa, foi bem bizarro. Coisas do tipo com que cara ela tava quando ela morreu e se era maquiada mesmo quando colocam no caixão. Aí falei que foi maquiada, sim, aí perguntou qual marca, se era Max, Revlon, Kanebo. Eu vou lá saber? Aí ela começou a choramingar, falou que tava se sentindo sozinha, começou a chorar, sabe?"

---

3   Espaço elevado que fica no canto do quarto em estilo japonês onde geralmente são dispostas flores ornamentais, pintura em papel de rolo e outros adornos. [NE]

"Ah, mas eu acho que entendo o lado dela, se ficar esperando na pousada num dia assim, entendo que se sinta sozinha."

O açúcar estava decantado no fundo do café e eu acabei bebendo isso sem querer. O açúcar gruda em toda a superfície interna da minha boca como se formasse uma camada e quase que vomitei.

"Não, eu também entendo. Entendo, mas cara, foi o dia que minha mãe morreu, sabe? Ela ficou resmungando enquanto chorava, depois pegou no armário os colchões de piso e edredons e ficou pelada. Eu tinha acabado de me despedir da minha mãe morta, aí uma mestiça pelada vem me agarrar, imagina. Era demais, né Ryū, você me entende? Eu até podia ter transado com ela, mas era demais, era demais."

"Você não fez nada, né?"

"Claro que não. Kei ficou chorando, eu fiquei com vergonha, sabe aquelas novelas que passam na tv? Aquelas que passam na tbs e tal? Fiquei me sentindo como se estivesse numa delas e fiquei preocupado se não ouviriam do quarto ao lado, fiquei com muita vergonha. No que será que Kei tava pensando naquela hora? Tá assim desde então, sabe?"

Só se ouve o som de Reiko respirando, adormecida. O cobertor empoeirado se move com a sua respiração. Ora ou outra bêbados espiam pela porta que havia sido deixado aberta.

"Foi desde aquela vez que ficou esquisito, é. Claro, a gente brigava sempre, sabe? Mas agora alguma coisa tá diferente. Não sei, alguma coisa tá diferente.

"Esse negócio de ir pro Havaí também, a gente tava planejando junto faz tempo, mas você viu como ela tava hoje.

"As transas também estão horríveis, seria até melhor se eu fosse nos banhos turcos."

"A sua mãe, ela morreu de doença?"

"Doente, tava, sim, mas é que ela tava acabada. Era o cansaço acumulado, quando ela morreu, o corpo dela tava bem menor que antigamente. Ela era uma coitada, falando assim pode até parecer desdém da minha parte, mas era de dar dó, mesmo.

"Sabe os vendedores de remédios de Toyama? Ela era uma dessas comerciantes de rua. Eu ia junto muitas vezes, quando era pequeno. Andava o dia todo desde cedo, carregando uma bagagem do tamanho de uma geladeira, sabe? Tinha fregueses por todo o país. Sabe aqueles balões de papel que davam de brinde, de assoprar pra encher? Sabe, não sabe? Eu sempre ficava brincando com aquilo.

"Pensando agora, fico até impressionado. Como é que eu conseguia brincar com aquilo o dia todo? Se fosse hoje acho que ficaria entediado, se bem que eu devia ficar entediado naquela época também, porque não lembro que fosse divertido. Uma vez que eu tava esperando minha mãe na pousada, a lâmpada tava queimada, sabe, e eu percebi depois que o sol se pôs, quando escureceu. E não conseguia falar pras pessoas da pousada, né, porque eu ainda nem tava na escola primária, tava com medo. Fiquei no canto do quarto e fiquei olhando o pouco de luz que chegava da rua, não me esqueço daquilo. Dava medo, era uma rua estreita, numa cidade que fedia a peixe. Onde será que era? A cidade toda fedia a peixe, onde será que era?"

Ouve-se o som de carros ao longe. Reiko às vezes resmunga. Yoshiyama vai para fora de novo. Eu fui atrás e vomitamos na vala, lado a lado. Coloco a mão esquerda na parede para me apoiar e, ao enfiar o dedo da mão direita no fundo da garganta, no mesmo instante os músculos da barriga se contraem e um líquido morno sai. A cada vez que o peito e a barriga se contraem, pelotas ácidas se acumulam na garganta e na boca, e ao empurrá-las com a língua, elas caem na água deixando a gengiva dormente.

Quando estávamos voltando para dentro do bar, Yoshiyama disse:

"Hein, Ryū, a gente vomita e fica com o corpo todo zoado, mal se aguentando ficar de pé, não é? Nem enxerga direito mais. E nessas horas que a gente quer mulher. Aquilo nem levanta, mesmo estando com mulher, e dá preguiça até de abrir as pernas, mas a gente quer mulher. Não é o pau ou a mente, mas é lá no fundo do corpo que fica querendo. Como que é pra você? Você entende o que eu tô falando, não entende?"

"Entendo, dá vontade de matar, né? Em vez de meter."

"É, é, isso mesmo, apertando o pescoço, assim, arrancando as roupas dela e enfiando um pedaço de pau ou alguma coisa na bunda, fazer isso com aquelas mulheres que ficam andando em Guinza."

Ao entrar no bar, Reiko estava saindo do banheiro, e disse ah, sejam bem-vindos, com a voz sonolenta. A parte da frente das pantalonas está aberta e a calcinha deixa a cintura dela marcada.

Ela quase caiu e eu fui correndo até ela para dar apoio.

"Ryū, obrigada, ficou calmo aqui. Você pega uma água pra mim? Minha garganta tá melada, me dá uma água." Ela diz com a cabeça pendendo. Enquanto eu picava o gelo, Yoshiyama tirava a roupa da Reiko, que havia deitado novamente no sofá.

A lente da Nikomat reflete o céu escuro e o pequeno sol nela. Ao recuar para trás para tentar fotografar meu rosto, esbarrei com a Kei, que chegava.

O que você tá fazendo, Ryū?

Ah, é você. Você é a última, não pode chegar atrasada, viu?

É que o motorista foi reclamar com um senhorzinho que escarrou dentro do ônibus, até parou o ônibus só pra isso. Os dois ficaram batendo boca, com a cara toda vermelha nesse calor, cadê todo mundo?

Ah, Yoshiyama, você não ia pra Yokohama hoje? Kei fala rindo a Yoshiyama, que está agachado na beira da rua com cara de sono.

Reiko e Moko finalmente saíram da loja de roupas em frente à estação. Todas as pessoas que estão andando se viram para olhar Reiko. Ela está vestindo um vestido indiano que acabou de comprar. Era um vestido de seda vermelho cheio de pequenos espelhos redondos que chegava até o calcanhar.

Caramba, olha a roupa que foi comprar, Kazuo ri, apontando a lente da Nikomat para ela.

Kei fala ao pé do meu ouvido. Vem um cheiro forte de perfume.

Ai, Ryū, será que a Reiko não se toca? Fica comprando um vestido daqueles sendo que tá tão gorda.

Deixa ela, deve estar querendo mudar de ares, vai enjoar logo. Depois você pega, deve combinar com você, Kei.

Reiko olha para os lados e diz a todos em voz baixa:

"Eu fiquei assustada. A Moko foi lá bem na hora que a funcionária tava olhando, e pegou um monte de uma vez só pra enfiar na bolsa."

Ah Moko, surrupiou coisa da loja de novo? Tá chapada? Maneira aí, se não vai rodar.

Yoshiyama diz, fechando a cara por causa da fumaça que sai do escapamento do ônibus. Moko estende o braço na minha cara.

Cheiro bom, não é? É da Dior.

Legal ser da Dior, mas não fica roubando de um jeito que dá na vista, vai dar problema pra todo mundo.

Enquanto Yoshiyama e Kazuo compram hambúrgueres, as três mulheres emprestam maquiagem entre si e passam os produtos no rosto, escoradas nas barras das catracas. Fazem bico e olham para o espelho do pó compacto. As pessoas que transitam olham para elas com uma expressão de curiosidade.

Um funcionário da estação de idade mais avançada diz a Reiko, sorrindo:

"Olha só essa sua roupa, moça, pra onde você vai?"

Reiko, que desenhava a sobrancelha com uma cara séria, respondeu ao funcionário que fazia o picote de marcação nos bilhetes:

"A gente vai pra uma festa, sabe? Festa."

Um haxixe quase do tamanho de um punho está sendo queimado no incensário, no centro do apartamento de Oscar, e a fumaça que preenche o ambiente adentra os pulmões a cada respiração, quer se queira ou não. Perde-se a sobriedade em menos de trinta segundos. Sou tomado pela ilusão de que meus órgãos internos estão rastejando para fora de cada um dos meus poros e que o suor e o ar que é expelido por outras pessoas penetram meu corpo.

Isso é ainda mais forte da cintura para baixo, que parece estar se desfazendo, como se estivesse mergulhado num pântano denso, e minha boca está inquieta querendo chupar o membro de alguém e engolir os fluidos corporais. À medida que como as frutas sobre o prato e bebo o vinho, o recinto inteiro vai sendo tomado pelo calor, e desejo que alguém arranque minha pele. Sinto vontade de colocar a carne dos negros, lisa e oleosa, para dentro de mim e sacudir. A torta de queijo enfeitada com cereja, as uvas que rolam sobre as mãos negras, a perna de caranguejo cozida que solta vapor, mas ainda tem contrações, o vinho doce americano de um lilás translúcido, o picles todo coberto de erupções que tem a aparência do dedo de um cadáver, o pão e o bacon que estão sobrepostos como os lábios e a língua de uma mulher, o molho de maionese roseado que cobre a salada.

Kei enfiou o pênis gigantesco de Bob até a garganta.

Vou comparar qual é o maior.

Ela vai colocando um a um na boca, rolando no tapete como um cão.

Constatou-se que o do Saburō, um mestiço, era o maior, e como prêmio ela espetou na uretra dele uma flor de cosmos que estava na garrafa vazia de vermute.

Ryū, é pelo menos o dobro do seu.

Saburō urra como um indígena americano voltando o rosto para cima, Kei tira com os dentes o cosmos que havia espetado, sobe na mesa e rebola como uma dançarina espanhola. A luz estroboscópica azul pisca e gira no teto. A música é um samba calmo de Luiz Bonfá. Kei, excitada com o cosmos molhado, estremece o corpo todo.

Alguém me fode, me fode logo. Diversos braços negros se estendem até Kei, que havia gritado aquelas palavras em inglês, e a derrubam no sofá e rasgam sua anágua, o tecido preto translúcido cai em retalhos rodopiando no ar. Parece uma borboleta, né? Reiko fala isso pegando um deles enquanto passa manteiga no pênis de Durham. Depois que Bob berrou e enfiou a mão entre as pernas de Kei, o recinto foi envolvido por gritos e risos agudos.

Bebo vinho de hortelã e como biscoito com mel olhando para as três mulheres japonesas que contorcem seus corpos em diferentes pontos do quarto.

Os pênis dos negros são tão longos que parecem finos. Mesmo totalmente eretos, se curvam consideravelmente quando Reiko puxa para o lado. As pernas de Durham tremem e ele ejacula de repente, o rosto de Reiko fica todo molhado com o sêmen dele e todos que viram dão risada. Reiko também ri, pisca os olhos, e está procurando um papel para limpar o rosto quando Saburō a pega nos braços com facilidade. A faz abrir as pernas como quando se faz uma criança pequena fazer xixi e a põe sobre sua barriga. Pega no pescoço de Reiko com a sua grande mão esquerda e segura os dois tornozelos com a direita, fazendo com que todo o peso do corpo dela ficasse sobre o órgão sexual dele. Reiko grita que está doendo e move as mãos para tentar se afastar de Saburō, mas não o alcança. Seu rosto está ficando gradativamente pálido.

Encostado no sofá, quase deitado, Saburō dobrava as pernas dela como que para esfregar no próprio pênis e por vezes as abria e as esticava, até que começou a girar o corpo de Reiko fazendo da bunda dela o eixo.

Já na primeira rotação, Reiko contrai todo o seu corpo e se demonstra apavorada. Arregala os olhos e com as mãos nos ouvidos emite um grito como o das protagonistas de filmes de terror.

Saburō ri com a voz do grito de guerra de nativos africanos e diz chora mais, em japonês, à Reiko, que retorce o rosto e arranha o próprio peito, à medida que aumenta a velocidade com que girava o corpo dela. Todos, de Oscar, que chupava o peito de Moko, Durham, que estava com uma toalha gelada sobre o pênis flácido, e Jackson, que ainda não estava pelado, a Bob, que estava sobre Kei, estão olhando para Reiko, que gira. Bob e Durham dizem meu Deus, isso é demais, e ajudam a girar Reiko. Bob segura as pernas e Durham a cabeça, pressionando a bunda dela com força contra Saburō e agora giram Reiko muito mais rápido. Saburō ri mostrando seus dentes brancos e cruza as mãos atrás da cabeça, arqueando o corpo para projetar ainda mais o seu pênis. Reiko irrompe em choro e berros. Morde os próprios dedos, pega seus cabelos e os puxa, as suas lágrimas voam pelo ar com a força centrífuga antes mesmo de escorrerem pelas maçãs do rosto. Nossos risos também ficam mais altos. Kei bebe vinho e abana o ar com o bacon, e Moko enterra as unhas vermelhas na enorme bunda com pelos grossos de Oscar. Os dedos dos pés de Reiko se arqueiam, se retorcem e tremem. O seu órgão sexual está dilatado e vermelho por causa da fricção intensa e acumula um líquido viscoso. Saburō diminui a velocidade de rotação respirando fundo, acompanhando agora o ritmo de "Orfeu Negro" cantado por Luiz Bonfá. Eu abaixo o volume do disco e canto ao seu som. Kei lambe os dedos dos meus pés, sem parar de rir, de bruços no tapete. Reiko continua a chorar, o sêmen de Durham em seu rosto está secando. As marcas de mordidas em seus dedos sangram e às vezes ruge como um leão, ah eu vou gozar, tirem essa mulher daqui, Saburō diz em japonês e joga Reiko para o lado. Sai daqui, sua vaca, o corpo de Reiko se inclina para frente como se fosse abraçar as pernas de Saburō. O sêmen que jorrou para cima e caiu se acumula nas costas e bunda de Reiko. A barriga dela contrai e Reiko urina, e Kei, que está com os mamilos besuntados de mel, enfia um jornal debaixo da bunda de Reiko às pressas. Ai, que falta de classe, diz Kei, que bate na bunda de Reiko e ri com voz estridente. Ela rebola pelo recinto e introduz em seu corpo dedos, pênis e línguas de quem fosse de seu agrado.

Eu estava o tempo todo me perguntando onde é que eu estou. Ponho na boca uma uva que estava esparramada na mesa. Tiro a casca com a língua e cuspo as sementes no prato, então minha mão encosta numa genitália feminina, e, ao olhar nessa direção, Kei sorri para mim, sentando-se sobre minha mão. Absorto, Jackson se levanta e tira a farda. Depois de apagar o cigarro de menta que estava fumando, vai em direção a Moko, que está sendo chacoalhada sobre Oscar. Ele pinga um perfume forte de um frasco marrom na bunda de Moko e berra, ei, Ryū, pega a bisnaga branca que tá na minha camisa. Com as mãos imobilizadas por Oscar e com o *flucort* sendo esfregado em suas partes, ela grita, isso é gelado! Não quero! Jackson pega na bunda dela, virando-a para cima, passa *flucort* na ponta de seu membro também e começa o ato. Moko se curva soltando uma voz estridente e Kei, que viu aquilo, se aproxima, ah que legal, pega no cabelo de Moko que empina a bunda chorando, depois passo uma pomada de mentol em você, Moko, diz rindo alto enquanto enrosca sua língua na de Oscar. Eu fotografo o rosto contorcido de Moko com uma câmera de bolso. As asas do nariz dela se movem como as de um atleta de corrida no último trecho. Reiko finalmente abriu os olhos. Talvez por sentir o corpo melado, ela vai em direção ao chuveiro. Está com a boca aberta, os olhos vazios, e tropeça diversas vezes. Quando ponho a mão em seu ombro para levantá-la, ela olha para mim, ah, Ryū, me ajuda, e aproxima o seu rosto. O corpo de Reiko estava com um cheiro estranho, corri para o banheiro e vomitei. Reiko, que está sentada no azulejo sendo atingida pela água do chuveiro, tem os olhos vermelhos e desfocados.

Reiko, sua idiota, vai morrer afogada. Kei desliga o chuveiro, coloca as mãos por entre as pernas de Reiko e ri, achando graça da amiga que se apavora com aquilo e se levanta ao pulo. Ah, é você, Kei, Reiko abraça Kei e pousa seus lábios nos dela. Kei gesticula com a mão em direção a mim, que estava sentado no chão do banheiro, me chamando. Tá gelado e gostoso, Ryū. A superfície do meu corpo esfria e a parte interna parece ficar ainda mais quente. Que bonitinho o seu, Kei o coloca na boca e Reiko puxa o meu cabelo molhado, busca minha língua como um bebê que procura o mamilo e a chupa com vontade. Kei se apoia com as mãos na parede, empina a bunda e me puxa para dentro da xota que estava seca, o muco tendo sido lavado pela água do chuveiro. Bob entra no banheiro com suor respingando da ponta das mãos, Ryū, tá faltando mulher, não fica usando duas sozinho, seu desgraçado.

Ele dá um tapa leve no meu rosto, arrasta a gente para a sala e nos joga no chão. Quando caí, meu pênis que estava enfiado firme dentro do corpo de Kei dobrou e eu gani. Reiko é jogada na cama como num passe de rúgbi e Bob se joga sobre ela. Reiko resiste falando coisas incompreensíveis, mas Saburō segura seus braços e pernas e enfia um pedaço de torta na boca dela, que estremece a garganta e se sufoca. O disco tinha mudado para Osibisa e Moko está limpando a bunda com o rosto tenso. Há um pouco de sangue no papel e ela murmura, foi horrível, mostrando-o a Jackson. Reiko, essa torta de queijo é boa, né? Kei pergunta de bruços sobre a mesa. Ai, parece que tem alguma coisa se mexendo na minha barriga, como se eu tivesse engolido um peixe vivo, sabe? Subo na cama para tirar foto de Reiko, que dizia isso, mas Bob me derruba, arreganhando os dentes. Eu rolei no chão e esbarrei em Moko. Ai, Ryū, não gosto dele, ele me rasgou. Ele é viado, não é? Moko está em cima de Oscar, ele mordisca o frango enquanto a sacode. Moko começa a chorar de novo.

Moko, você está bem? Está com dor? Eu não sei de mais nada, Ryū, não sei mais.

Moko é sacudida ao ritmo de Osibisa. Kei está sentada no colo de Jackson, conversando sobre algo e bebendo vinho. Jackson esfrega bacon no corpo de Kei e joga essência de baunilha por cima. Alguém berra, *oh baby*, com uma voz rouca. Há objetos diversos jogados sobre o tapete vermelho. Roupas de baixo e cinza de cigarro, pedaços de pão, alface e tomate, pelos de cores distintas, papel com sangue, copos e garrafas, cascas de uva, fósforo, cerejas envoltas de lixo, Moko se levanta, cambaleante. Põe a mão na bunda, ai, estou morrendo de fome, e anda até a mesa. Jackson agacha, faz um curativo com bandeide nela e a beija.

Com a cara grudada na mesa, morde a pata de caranguejo como uma criança prestes a morrer de fome. Moko quebra a casca do caranguejo, ofegante. Um pênis negro é colocado em sua frente e ela o coloca na boca mesmo sem saber de quem é. Empurra-o para fora acariciando com a língua e vai para o prato de caranguejo de novo. Quebra a casca vermelha com o dente fazendo barulho e pega a carne branca com a mão. Mergulha-a na maionese rosa no prato e coloca-a sobre a língua, com o molho pingando sobre o peito. O cheiro de caranguejo se espalha pelo apartamento. Reiko ainda grita sobre a cama. Durham mete em Moko por trás. Ela contrai as feições levantando o quadril e, ainda segurando o caranguejo, é sacudida enquanto tenta beber vinho e se engasga com a lágrima que havia entrado no nariz. Vendo isso, Kei gargalha. James Brown começou a cantar. Reiko chegou até a mesa rastejando, deu um gole no vinho de hortelã e disse, ai que delícia, em voz alta.

"Já falei pra você várias vezes pra não ficar andando muito com o Jackson, a polícia do Exército está de olho nele, um dia vai ser preso."

Lilly disse depois de desligar a TV que mostrava um homem jovem cantando.

Eu estou me lembrando daquele vento fresco de congelar o coração, o vento gelado que faz as feridas arderem e que entrou quando Oscar disse, vamos acabar por aqui, e abriu a varanda.

Uma mulher chamada Tami, namorada do Bob, entrou quando todos ainda estavam estirados sem roupa, caiu para cima de Bob e começou a brigar feio com Kei, que tentou segurá-la. O irmão mais velho de Tami é um *yakuza* famoso e ela queria ir lá pedir ajuda a ele, então viemos para cá, para que Lilly a dissuadisse, já que ouvimos falar que era sua amiga. Até pouco tempo atrás, Tami estava sentada ali no sofá, urrando, vou matar todos eles! Com marcas dos arranhões de Kei na lateral da barriga.

"Eu sempre falo pra você não ficar trazendo essa ralé que não conhece nada sobre o clã Yokota. O que você faria sem mim? Você também acabaria entrando numa fria, o irmão da Tami não deixa barato."

Bebe um gole da coca com limão e passa para mim. Penteia o cabelo e se troca para uma camisola preta. Com um semblante irritado, ela escovava os dentes e, na cozinha, injetou Philopon ainda com a escova na boca.

"Ah, desculpa, Lilly, não fica assim, não."

"Deixa pra lá, você vai fazer isso de novo amanhã, não é? Mudando de assunto, o garçom lá do bar, ele é de Yokosuka e estava oferecendo mescalina. O que você acha, Ryū? Você quer, não quer?"

"Quanto é cada cápsula?"

"Eu não sei, ele estava falando 5 dólares, quer que eu compre?"

Até os pelos púbicos de Lilly haviam sido tingidos com a mesma cor do cabelo. No Japão não tem produtos pra tingir esses pelos daqui, eu tive que encomendar da Dinamarca.

Eu vejo a lâmpada por entre os fios de cabelo que cobriam meus olhos.

"Sabe, eu sonhei com você, Ryū."

Fala, enrolando o braço esquerdo no meu pescoço.

"E eu estava no parque, montado no cavalo, não é? Você já me contou."

Passo a língua sobre a sobrancelha, que estava nascendo, de Lilly.

"Não, é um outro sonho, a continuação desse do parque. A gente vai pra praia, uma praia bem bonita. A faixa de areia é bem ampla, mas só tem eu e você.

"A gente nada, fica na areia, e de lá dá pra ver uma cidade do outro lado do mar, e não era pra poder enxergar bem porque é uma cidade ao longe, mas dava pra ver até mesmo o rosto das pessoas que moram lá, tinha que ser um sonho, mesmo. E eles estão tendo um festival lá, um festival estrangeiro. Mas depois de um tempo começa a guerra, soam canhões ali, bum, bum. Uma guerra de verdade, e era uma cidade ao longe, mas dava pra ver soldados e tanques.

"A gente fica vendo isso da praia, juntos, eu e você, abobados. Você fala, ah, é uma guerra, e eu digo, é mesmo, sabe."

"Você tem uns sonhos estranhos, Lilly."

A cama está úmida. As penas escapando do travesseiro espetam meu pescoço. Eu puxei uma delas e fui acariciando a coxa de Lilly com ela.

O quarto está escuro. Um fraco feixe de luz chega da cozinha. Lilly ainda dorme, com a sua pequena mão já sem esmalte sobre meu peito. A respiração gelada atinge minha axila. O espelho oval pendurado no teto reflete nossos corpos nus.

Ontem à noite, depois do sexo, Lilly injetou mais uma dose, engolindo seco.

Ai, as doses acabam aumentando, não tem jeito, tá na hora de diminuir, senão vou ficar viciada. Ela disse, verificando a quantidade que restava.

Enquanto o corpo de Lilly vibrava sobre mim, eu me lembrava do rosto de uma mulher, um pouco por causa do sonho sobre o qual ela havia me contado. Ao mesmo tempo em que olhava a cintura fina de Lilly se retorcer.

O rosto de uma mulher magra que cava um buraco logo ao lado da cerca de arame farpado de uma fazenda ao pôr do sol. O rosto de uma mulher que, sob a mira da baioneta de um soldado jovem, afunda a pá na terra, próxima à tina cheia de uvas. O rosto de uma mulher que seca o suor da testa com as costas da mão. O rosto de uma mulher assim veio à mente, vendo Lilly gemer.

Um ar úmido vem da cozinha.

Será que está chovendo? A paisagem que enxergo pela janela está enevoada, leitosa. Percebi que a porta da entrada estava entreaberta. Como estávamos bêbados ontem, talvez tivéssemos esquecido de fechar. Um dos pés do sapato de salto alto está caído no chão da cozinha. O calcanhar pontiagudo se sobressaía para o lado e as curvas do couro duro que envolve o pé eram suaves tais quais as do corpo de uma mulher.

No estreito vão que dá para fora e que se pode ver dali, está o Fusca amarelo de Lilly. A lataria está com gotas d'água que lembram uma pele arrepiada e as gotas mais pesadas escorregam lentamente para baixo, como insetos no inverno.

Pessoas passam como vultos. O carteiro de uniforme azul que empurra a bicicleta, alguns estudantes do ensino primário que carregam suas bolsas, o americano alto que leva um dogue alemão, todos eles passam diante do vão estreito.

Lilly respirou fundo e virou o corpo. Gane baixo e derruba no chão o cobertor fino que a cobria. O cabelo longo está colado em suas costas em formato de s. O suor está acumulado na concavidade na altura da cintura.

As roupas de baixo que Lilly usou ontem estão no chão. Afastadas, estão enroladas e parecem uma marca de queimado ou uma mancha no tapete.

Uma senhora japonesa que segurava uma bolsa preta olhou para dentro do apartamento pela porta que estava aberta. Está com um chapéu com a logomarca de uma empresa. A parte do ombro da blusa azul-marinho estava molhada, acho que é da leitura do medidor de gás ou luz. Os olhos dela se acostumaram com a falta de luz no recinto, notou minha presença e fez menção de dizer algo, mas saiu, pareceu ter mudado de ideia. Olhou para mim de novo, que fumava pelado, e foi para a direita, pensativa.

Diante do vão que havia se alargado um pouco mais, passam duas estudantes do ensino primário gesticulando, expansivas, calçando botas vermelhas de borracha. Um soldado negro fardado corre, desviando das poças de lama dando saltos, com movimentos idênticos aos de um atleta de basquete que desvia da defesa para fazer o lançamento.

Há uma casa de paredes pretas mais adiante do carro de Lilly. A pintura descasca em alguns pontos e tem a inscrição U-37 em letras laranjas.

Com a parte preta da parede ao fundo, é possível ver a garoa claramente. Sobre seu telhado, há um céu coberto de nuvens que parecem uma sobreposição de pinceladas de cor cinza, com aspecto pesado. Nesse limitado campo de visão em recorte retangular, a parte do céu é a mais clara.

As nuvens espessas estão prenhas de calor. Deixam o ar úmido e fazem eu e Lilly suarmos. O lençol amassado ficava pegajoso por causa disso.

Há finas linhas pretas cruzando na diagonal aquele céu estreito.

Achei que eram fios elétricos ou galhos de árvore, mas a chuva ficou mais forte e não podia mais vê-los. As pessoas que estavam andando abrem os guarda-chuvas depressa e começam a correr. Poças d'água se formam na rua lamacenta e aumentam de tamanho, formando ondulações. Um carro branco grande anda devagar, quase na borda da rua, gotas de chuva sendo repelidas pela lataria. Dentro dele, duas mulheres gringas, uma delas olhava no retrovisor arrumando a rede que envolvia o cabelo e a mulher que dirigia olhava para frente com atenção, com o nariz quase grudado no para-brisas.

Ambas estavam com uma maquiagem pesada sobre a pele extremamente ressecada.

Uma menina passou lambendo um sorvete, voltou e olhou para dentro do apartamento. Os fios do cabelo loiro de aspecto macio estão rentes à cabeça, ela pegou a toalha de banho de Lilly que estava sobre a cadeira da cozinha e começou a se enxugar. Ela lambeu o dedo sujo de sorvete e espirrou. E quando levantou o rosto, percebeu minha presença. Eu peguei o cobertor, me cobri e acenei com a mão. A menina sorri e aponta para fora. Eu estendi o dedo diante da boca, fique quieta, sinalizei. Olho para Lilly, inclino a cabeça e ponho minhas mãos sob meu rosto, ela está dormindo, gesticulo. Por isso, fique quieta, pus o dedo sobre minha boca novamente e esbocei um sorriso. A menina estava com a mão com o sorvete apontando para o lado de fora e parecia querer dizer alguma coisa. Virei a palma da mão para cima e fiz o gesto de quando se percebe que está chovendo. A menina faz que sim, balançando os fios de cabelo molhados. Então, saiu correndo e voltou encharcada. Trazendo um sutiã que deve ser de Lilly e que respinga água.

"Lilly, está chovendo, você tinha colocado as roupas pra secar? Acorda, Lilly, está chovendo."

Lilly, que se levantou esfregando os olhos, cobriu a frente de seu corpo com o cobertor, olhou para a menina e disse, ah, Sherry, que foi?

A menina jogou o sutiã que segurava e gritou "*rainy*", seus olhos cruzaram com os meus e ela riu.

Mesmo tirando cuidadosamente o bandeide que havia sido colado em seu ânus, Moko não acordou.

Dormem a Reiko encolhida no chão da cozinha com o cobertor enrolado nela, Kei e Yoshiyama sobre a cama, Kazuo perto do aparelho de som com a Nikomat firme na mão e Moko de bruços abraçando um travesseiro sobre o tapete. No bandeide que eu havia descolado há um pouco de sangue e o corte de Moko, com aspecto de um tubo de borracha, abre e fecha, acompanhando sua respiração.

Suas costas estavam pegajosas com o suor e o cheiro era igual ao do muco que sai de seu órgão sexual.

Moko abriu os olhos, com cílios postiços em apenas um deles, e sorriu para mim. Ela dá um gemido quando ponho a mão entre suas nádegas e vira o corpo.

Que bom que está chovendo, hein, a chuva é boa pra machucados, não deve estar doendo muito porque está chovendo.

A região pélvica de Moko está viscosa. Limpei-a com um papel macio e inseri o dedo, a bunda pelada dela estremeceu.

Kei acordou e pergunta, você dormiu lá na casa da puta ontem?

Sua besta, não chama ela de puta, ela não é disso. Falo, esmagando um inseto que voava por perto.

Ah, tanto faz pra mim, mas Ryū, tem que tomar cuidado com as doenças, o Jackson tava falando que as daqui são bravas, disse que apodrece, fica um nojo. Kei se veste só com a calcinha e passa o café, Moko estende a mão, me dá aí um cigarro, o Selem de menta.

Moko, é Salem, não Selem, Kazuo a corrige ao se levantar.

Esfregando os olhos, Yoshiyama berra para Kei que estava na cozinha, o meu é sem leite, viu, e se vira para mim, que ainda estava com o dedo enfiado na bunda de Moko:

"Ontem, quando vocês estavam lá em cima fazendo sei lá o quê, eu mandei um *straight flush*. De verdade mesmo, um *straight flush* de copas, não é, Kazuo? Você tá de prova."

Disse.

Sem responder, Kazuo perguntou com a voz sonolenta: não tô vendo meu flash, por acaso alguém escondeu?

Jackson sugeriu que eu me maquiasse de novo. Aquela vez eu achei que a Faye Dunaway tinha vindo passear, Ryū.

Ponho uma camisola prateada que Saburō diz ter ganhado de uma stripper profissional.

Antes que todos chegassem ao apartamento de Oscar, um negro totalmente desconhecido veio e deixou cerca de cem cápsulas misteriosas. Perguntei ao Jackson se era da polícia do Exército ou algum funcionário do Ministério da Saúde, então ele riu e meneou negativamente, não, aquele é o Green Eyes, respondeu.

Ele tinha olhos verdes, não tinha? Ninguém sabe o nome verdadeiro dele, dizem que ele trabalhava de professor do colegial antigamente, mas nem sei se é verdade. O Green Eyes é louco, não sei onde mora nem se tem família, só sei que ele é mais antigo que a gente, tá no Japão faz muito tempo. Ele parecia o Charles Mingus, não parecia? Deve ter vindo porque ouviu sobre você, ele te disse alguma coisa?

Aquele negro estava com uma cara muito assustada. Vou te dar esse tanto, dizendo isso, ele correu os olhos pelo recinto e foi embora apressado.

Não mudou de expressão ao ver Moko pelada e quando Kei falou para ele ficar um pouco pra se divertir, só tremeu os lábios e não disse nada.

Um dia você também vai ver o pássaro preto, você ainda não vê, não é? Você vai ver o pássaro preto, seus olhos dizem isso, igual a mim, e apertou minha mão.

Oscar disse, não tome essas cápsulas de jeito nenhum, o Green Eyes deu laxante uma vez. E falou para jogá-las fora.

Jackson desinfeta a seringa de uso militar. Eu sou médico de combate, profissional das injeções. Primeiro, me injetaram heroína.

Ryū, dança aí, Jackson dá um tapa no meu traseiro.

Quando levantei e olhei para o espelho, me vi transformado em outra pessoa com a técnica de maquiagem meticulosa e esmerada de Moko. Saburō me entregou um cigarro e uma rosa artificial, perguntou, que música você quer, e quando respondi Schubert, todos riram.

Uma névoa de cheiro doce passa pela minha frente e deixa minha cabeça com um formigamento forte. Ao mexer meus braços e minhas pernas devagar, sinto como se as articulações tivessem sido lubrificadas com óleo viscoso que, com o movimento, circula para todo o restante do meu corpo. Esqueço de mim a cada respiração. Diversos elementos deixam meu corpo e me sinto como uma boneca. O quarto está preenchido por um aroma doce e a fumaça do cigarro arranha meus pulmões.

A sensação de ser uma boneca fica ainda mais forte. É só me mexer como eles desejam, eu sou um escravizado extremamente feliz. Bob murmura que é erótico e Jackson manda ele ficar quieto. Oscar apaga todas as luzes e me ilumina com o holofote laranja. Por vezes, meu rosto se contorce e forma uma expressão aterrorizada. Arregalo os olhos e estremeço meu corpo.

Grito, gemo baixo, pego geleia com o dedo e lambo, bebo um pouco de vinho e levanto meu cabelo, sorrio, contraio a região dos olhos novamente e profiro xingamentos.

Entoo versos de Jim Morrison:

"Quando a música acabar, quando a música acabar, apaguem as luzes, meus irmãos vivem no fundo do mar, minha irmã foi assassinada, minha irmã foi assassinada como quando se trazem peixes à superfície e os evisceram, apaguem as luzes quando a música acabar, apaguem as luzes."

Como os homens gentis das obras de Genet, eu agito a saliva dentro de minha boca deixando-a branca como água com açúcar sobre minha língua, passo a mão pela minha perna e arranho meu peito. Meus quadris e a ponta de meus pés estão pegajosos. Um calafrio envolve todo meu corpo de repente, como um vento, e perco as forças de todo o meu corpo.

Ajoelho e acaricio o rosto da mulher negra sentada ao lado de Oscar. A mulher negra suada com as unhas nas pontas de suas longas pernas pintadas com esmalte prateado.

A mulher branca e balofa que Saburō trouxe está me olhando com olhos lânguidos cheios de desejo. Jackson injeta heroína nas costas da mão de Reiko, e ela contrai o rosto, talvez por dor. A mulher negra, já brisando com alguma coisa, me levanta segurando meu corpo pelas axilas, levanta-se também e começa a dançar. Durham joga mais haxixe no incensário. Uma fumaça púrpura sobe e Kei se agacha para inspirá-la. O cheiro da mulher negra impregna em mim junto com o suor e eu quase desmaio ao senti-lo. É um cheiro intenso, como se os órgãos internos tivessem fermentado. Mais alta do que eu, de quadris avantajados, mas com pernas e braços finos. Somente os dentes são demasiado brancos e ela tira a roupa, sorrindo. Os mamilos esbranquiçados estão duros e não balançam muito, mesmo com ela mexendo o corpo. Ela pega meu rosto com as duas mãos e enfia a língua na minha boca. Solta o gancho da camisola esfregando o quadril em mim e passa a mão na barriga com a mão suada. A língua áspera passeia pela minha gengiva. O odor da mulher negra me envolve por completo e eu sinto náuseas.

Kei vem se rastejando, segura meu pênis exposto e diz, se endireita, Ryū, se endireita. Uma pelota gosmenta saiu do canto da boca, escorreu até o queixo em poucos instantes e eu não enxerguei mais nada.

A mulher negra, cujo corpo inteiro brilha de suor, está lambendo todo o meu corpo nu. Olha para os meus olhos e então chupa a carne das minhas coxas com sua língua cheirando a bacon. Os olhos estão avermelhados e molhados, e ela sorri com sua grande boca o tempo todo.

Logo ao meu lado, Moko remexe a bunda apoiando as mãos na borda da cama, sendo penetrada por Saburō. Todos os outros rastejam no chão e gemem, se movendo ou estremecendo. Percebo meu coração batendo muito devagar. E o pênis que a mulher negra segura também pulsa, acompanhando os batimentos. É como se somente o coração e o pênis funcionassem, grudados um no outro, e todos os outros órgãos tivessem derretido.

A mulher negra sentou em mim. No mesmo instante, começa a rebolar numa velocidade impressionante. Volta o rosto para cima, dá um urro idêntico ao do Tarzan, ofega como os atletas negros do lançamento de dardo que vi num filme sobre as olimpíadas, se mexe com a força das plantas dos pés cinzas sobre o colchão e coloca a mão longa sob minhas nádegas, me apertando forte contra ela. Sinto uma dor como se estivesse sendo rasgado em pedaços e grito. Tento me afastar, mas o corpo da mulher negra é escorregadio e rígido como aço besuntado com graxa. Um prazer que dilacera meu interior irradia nas minhas partes inferiores, quase encobrindo a dor. Isso forma um vórtice e sobe para a cabeça. Os dedos dos pés estão quentes, incandescentes. Meus ombros começam a tremer e fico prestes a berrar. Uma coisa parecida com a sopa que os nativos jamaicanos fazem, à base de sangue e gordura, está entalada ao fundo da minha garganta e eu quero cuspi-la. A mulher negra respira fundo, toca no pênis, confere que está penetrado até a base e sorri, então dá um trago num cigarro preto bem longo.

Ela põe esse cigarro preto perfumado em minha boca, fala algo numa rapidez incompreensível e quando meneio com a cabeça, ela aproxima o rosto, suga minha saliva e começa a rebolar novamente. Um líquido viscoso sai das partes íntimas da mulher e molha minhas coxas e minha virilha. O ritmo em que ela rebola fica cada vez mais rápido. Ela geme, aumentando a cadência. Ao fechar bem os olhos, esvaziar a mente e contrair a ponta dos meus pés, um prazer pungente corre por todo meu corpo junto com o sangue e se acumula em minhas têmporas. O prazer que emerge e se impregna no corpo não sai nunca mais. Como quando do faíscas entram em contato com a pele e a queimam, a fina camada de carne rente ao crânio sob as têmporas é ulcerada de modo sonoro. Percebendo esse ferimento e me concentrando nele, sinto-me como se todo meu corpo tivesse se tornado um pênis gigante. Como se tivesse me tornado um anão que entra no interior da mulher e lhe proporciona prazer utilizando todo o corpo freneticamente. Tento pegar nos ombros da mulher negra. A mulher se inclinou sem diminuir a velocidade com a qual rebolava e mordeu meu mamilo até sangrar.

Jackson senta sobre meu rosto enquanto canta, dando tapinhas nas bochechas, *hey, baby*. O ânus de Jackson é enorme e está para fora, parece um morango, eu penso. O suor que pinga do peito espesso de Jackson atinge meu rosto e seu cheiro realça os estímulos que a bunda da mulher negra me dava. Ei, Ryū, você é mesmo uma boneca, nossa boneca amarela, eu podia parar de dar corda e te matar.

Jackson cantarola essas palavras e a mulher negra ri tão alto que dá vontade de tapar os ouvidos. Ela ri com uma voz que parece sair de um rádio quebrado. Continua rindo sem parar de rebolar e gotas de saliva pingam na minha barriga. Jackson e a mulher chupam a língua um do outro. Meu pênis se debate dentro da mulher como um peixe moribundo. O corpo vai se ressecando com o calor da mulher. Jackson enfia o pênis quente na minha boca totalmente privada de umidade. Irrita a minha língua como uma pedra queimada. Ele o remexe e esfrega na minha língua, e começa a falar com a mulher umas palavras que pareciam mandingas. Não é em inglês e eu não entendo o que dizem. São entoações ritmadas que parecem sair de uma conga. A mulher negra elevou o quadril quando meu pênis começou a dar espasmos, prestes a ejacular, enfiou a mão debaixo da minha bunda, beliscou meu ânus e me penetrou o dedo com força. Ao perceber que meus olhos marejavam, enfiou mais fundo e girou. Há uma tatuagem branca nas duas coxas da mulher. Uma imagem malfeita do Cristo sorrindo.

Ela segurou meu pênis que vibrava com as pulsações e enfiou fundo na boca até que os lábios tocassem minha virilha. Lambe-o inteiro, pressionando a língua contra ele, morde e acaricia minha uretra com a língua pontuda e áspera tal qual a de um gato. Quando fico prestes a gozar, ela afasta a língua. A bunda da mulher está virada para mim. Está tão arreganhada que parece que irá se partir, é lisa e brilha de suor. Estico uma das mãos e enfio minhas unhas com força em uma das nádegas. A mulher negra grunhe e mexe a bunda para os lados devagar. A mulher branca e balofa sentou-se próxima a meus pés. O seu órgão sexual vermelho-escuro pende por baixo dos finos pelos loiros. Parece um pedaço de fígado de porco. Jackson pega agressivamente o peito gigantesco da mulher branca e aponta para a minha cara. Ela olha para mim balançando a mama que caía sobre a barriga branca, toca meus lábios repartidos pelo pênis de Jackson e ri baixo, *pretty*. Pega um dos meus pés e o esfrega no fígado de porco pegajoso. A sensação dos meus dedos do pé sendo movidos era intoleravelmente desagradável, a mulher branca emanava um cheiro igual ao de caranguejo podre e eu quis vomitar. Minha garganta se contraiu, acabei mordendo um pouco o pênis de Jackson, e ele, que tirou seu órgão dando um berro escandaloso, deu um soco forte no meu rosto. Ao ver meu nariz sangrar, a mulher branca ri, ai, que horror, e esfrega a racha ainda mais intensamente em meu pé. A mulher negra limpou o sangue com a língua. Ela sorri com a gentileza de uma enfermeira de um hospital de campanha e sussurra em meu ouvido: logo, logo, vou te fazer chegar lá, vou te deixar gozar. Meu pé direito começa a ser introduzido na enorme genitália da mulher branca. Jackson novamente enfia seu pênis na minha boca, agora com um corte. Eu resistia à náusea a todo custo. Estimulado pela língua lubrificada pelo sangue, Jackson soltou um jato de líquido morno. O esperma grudento, muito parecido com catarro, fica preso na garganta. Cuspi com vontade esse líquido que havia ficado rosa por ter se misturado com sangue e gritei à mulher negra, me deixa gozar!

Um ar úmido acaricia meu rosto. As folhas de choupo farfalham e a chuva cai, gentil. Sinto o cheiro de quando o concreto e a grama ficam molhados e esfriam.

As gotas de chuva que são destacadas pelos faróis dos carros parecem agulhas prateadas.

Kei, Reiko e o pessoal foi com os negros para uma discoteca dentro da base. A mulher negra era uma dançarina chamada Rudiana e me chamou diversas vezes para ir para o apartamento dela.

As agulhas prateadas estão ficando cada vez mais grossas e no pátio do hospital uma poça d'água que reflete a iluminação da rua aumenta de tamanho. O vento forma ondas na poça e tênues faixas de luz vibram, delicadas.

Um inseto com carapaça grossa que estava parado no caule do choupo é jogado pela chuva intensificada pelo vento e está tentando andar na direção oposta ao fluxo da água. Será que esses besouros têm ninhos para onde voltar?

De início, achei que suas costas pretas iluminadas pela luz do poste eram um caco de vidro. O inseto rasteja para cima de uma pedra e está decidindo para onde ir. Desceu para o mato, talvez por ter achado que estaria seguro ali, mas foi levado pela água da chuva que veio derrubando as plantas.

A chuva bate em lugares diferentes, emitindo sons diversos. A chuva que cai sobre a grama, os seixos e a terra, como se estivesse sendo absorvida, faz um som que lembra o de um instrumento musical pequeno. Esse som que parece o de um piano de brinquedo que cabe na palma da mão se sobrepõe ao zumbido nos ouvidos causados pelos resquícios da brisa da heroína.

Uma mulher corre pela rua. Carrega os sapatos nas mãos e, com os pés descalços, faz as águas das poças espirrarem. Talvez porque a saia molhada grudasse no corpo, ela segura a sua borda para esticá-la, desviando da água lançada pela passagem dos carros.

Um relâmpago fulgurou e a chuva ficou ainda mais forte. Minha pulsação é ridiculamente lenta e meu corpo está muito gelado.

O pé de pinheiro seco na varanda foi comprado pela Lilly no Natal do ano anterior. O único enfeite que havia sobrado, a estrela prateada no topo, já não está mais lá. Kei disse que usou para dançar. Falou que cortou os cantos, colocou uma borracha para não machucar as coxas, e usou para fazer striptease.

No meu corpo gelado, somente as pontas dos meus pés retêm calor. E esse calor às vezes sobe até minha cabeça, devagar. O cerne do calor é como o caroço de um pêssego, já despido da polpa, e enrosca no coração, estômago, pulmões, cordas vocais, gengiva e outras partes.

Lá fora, o ambiente molhado é tenro. As silhuetas da paisagem estão borradas com as gotas de chuva e as vozes das pessoas e o som dos carros chegam com as arestas suavizadas pelas agulhas prateadas. O lado de fora é sombrio, como se fosse me absorver. Sombrio e úmido tal qual o corpo de uma mulher que se deita, relaxada.

Joguei o cigarro aceso e ele se apagou fazendo barulho, antes de chegar ao chão.

"Você estava vendo as penas saírem do travesseiro naquela hora, e depois que acabou você puxou uma e disse nossa, penas são macias, e ficou passando ela atrás da minha orelha, no meu peito e depois jogou no chão, lembra?"

Lilly trouxe a mescalina. O que você estava fazendo sozinho? Ela me puxou para si e ao responder, eu estava vendo a chuva da varanda, ela começou a falar das penas.

Morde minha orelha de leve, tira da bolsa a cápsula azul envolta no papel-alumínio e a põe sobre a mesa.

Diz para eu fechar a varanda porque trovejava e a água da chuva estava entrando.

"Eu quero ficar vendo lá fora um pouco. Você não fazia isso quando era pequena? Não podia brincar do lado de fora, aí eu ficava vendo a chuva pela janela, é legal, Lilly."

"Ryū, você é esquisito, um coitado, não é que você está tentando captar as várias coisas que aparecem na mente quando fecha os olhos? Eu não consigo dizer direito, mas se você estivesse se divertindo de verdade, não ficaria buscando coisas ou pensando em algo enquanto isso, não é?

"O que você tanto quer ver? Parece até um pesquisador que fica registando tudo e depois quer ficar estudando isso. Que nem uma criança pequena. Você na verdade é uma criança, quando se é criança fica querendo ver tudo, não é? Os bebês olham fixamente nos olhos de desconhecidos até começarem a rir ou chorar, mas experimente só hoje em dia olhar para os olhos de uma pessoa que não conhece, vai perder a sanidade num instante. Pode testar, olhe para os olhos de quem está andando na rua, vai ficar louco na hora, Ryū, não pode ficar olhando para as coisas igual a um bebê, viu?"

Lilly está de cabelos molhados. Cada um de nós toma uma cápsula de mescalina com leite gelado.

"Eu não fico pensando tanto assim, até que estou me divertindo, sabe, é legal olhar pra fora."

Enxugo seu corpo com a toalha e ponho a blusa molhada no cabide. Quer pôr um disco? Pergunto, mas Lilly abanou a cabeça para os lados, preferia o silêncio.

"Você já foi passear de carro, não, Lilly? Para ir à praia ou um vulcão a várias horas de distância, sair de casa de manhã quando os olhos ainda estão ardendo, tomar o chá da garrafa térmica em algum lugar no meio do caminho com vista bonita e no almoço comer bolinhos de arroz num descampado, um passeio bem comum, mesmo.

"Aí você pensa em várias coisas dentro do carro em movimento, não pensa? Que acabou não encontrando o filtro da câmera na hora de sair, onde será que está guardado, ou qual era o nome daquela atriz que apareceu na tv na hora do almoço ontem. Que o cadarço do sapato está quase arrebentando, que seria ruim se acabasse provocando um acidente, que minha estatura não vai mais aumentar, você pensa em várias coisas, não pensa? E esses pensamentos vão se sobrepondo na paisagem que vai se movendo e você está vendo de dentro do carro.

"As casas e plantações vão ficando cada vez mais perto e depois vão se distanciando e ficam para trás, não é mesmo? E a paisagem e as coisas de dentro da cabeça se misturam. As pessoas que estão esperando o ônibus no ponto de parada da rua, o bêbado cambaleante vestindo um fraque, a senhora puxando um carrinho com um monte de mexericas empilhadas, os jardins de flores, o porto e a usina termoelétrica, essas coisas vão entrando no campo de visão e logo somem de vista, e por isso vão se misturando com os pensamentos que estavam na mente, sabe? O filtro da câmera, o jardim de flores e a usina termoelétrica viram tudo a mesma coisa. Aí eu vou juntando as coisas que vejo e as coisas que estava pensando para ficar do jeito que eu quero, me demorando nisso, vou buscando sonhos, memórias ou trechos de livros para formar uma única imagem, como se fosse uma foto de recordação.

"Nessa foto vou acrescentando as paisagens novas que vão entrando na visão e, no final, faço com que as pessoas na foto se mexam, falem e cantem; sabe, elas se mexem. Aí sempre acaba virando uma coisa parecida com um palácio gigante, eu crio na minha cabeça um tipo de palácio, onde diversas pessoas estão fazendo coisas bem variadas.

"E é legal olhar para dentro desse palácio depois de pronto, é como se estivesse olhando para Terra lá das nuvens, tem de tudo, ele contém tudo o que puder imaginar desse mundo. Tem pessoas de todos os tipos e falam línguas diferentes, os pilares do palácio são feitos nos mais variados estilos e tem comida de todos os países possíveis.

"É mais gigantesco e detalhado do que um set de filme. Tem gente de todo o tipo, de todo o tipo mesmo. Cegos, mendigos, aleijados, palhaços e anões, generais enfeitados com alamares dourados, soldados ensanguentados, negros travestidos, prima-donas, toureiros, fisiculturistas, nômades que rezam no deserto, todos eles estão ali fazendo alguma coisa. E eu fico olhando.

"O palácio sempre fica perto do mar e é bonito, é o meu palácio.

"É como se eu tivesse o meu parque de diversões, pudesse ir ao universo do conto de fadas a hora que quisesse e apertasse um botão quando desse vontade de ver os bonecos se mexerem.

"Mas o carro acaba chegando ao destino enquanto estou curtindo meu palácio, aí tem que carregar as bagagens, montar a barraca, se trocar e pôr as roupas de banho, as outras pessoas vêm falar comigo e é difícil manter o palácio que construí com tanta custa. Quando eles falam, nossa, a água daqui é limpa, não está suja, aí estraga tudo, você entende, não é, Lilly?

"Teve uma vez, a vez que fui para o vulcão, um vulcão ativo famoso em Kyushu, escalei até o topo e ao ficar vendo as faíscas e cinzas que subiam, de repente fiquei com uma vontade de explodir o palácio. Aliás, quando senti o cheiro de enxofre do vulcão, o pavio que chegava às dinamites já estava aceso. Era guerra, Lilly, o palácio iria para os ares. Os médicos correm para todos os lados e o Exército indica o caminho, mas não há mais o que se possa fazer, o chão explode, a guerra já começou e fui eu que a causei, viram ruínas num piscar de olhos.

"É um palácio que eu mesmo construí, então posso fazer qualquer coisa com ele, e sempre fiz isso quando ia viajar de carro, então é útil ficar vendo a paisagem de fora nos dias de chuva.

"No outro dia, quando fomos com o Jackson e o pessoal para o lago Kawaguchi, eu estava na brisa de LSD e quis fazer o palácio de novo, mas aí virou uma cidade em vez disso, sabe, uma cidade.

"Tinha muitas ruas, era uma cidade com parques, escolas, igrejas, praças, antenas de rádio, fábricas, porto, estações, mercados, zoológico, prédios públicos, matadouros, essas coisas. Eu fiquei pensando nas feições e até o tipo sanguíneo de cada uma das pessoas que viviam nessa cidade.

"Fico pensando, alguém podia fazer um filme como o que fica dentro da minha mente, fico pensando sempre.

"Uma mulher se apaixona por um homem casado, e esse homem vai para guerra e mata uma criança estrangeira, aí a mãe dessa criança ajuda o homem sem saber durante uma tempestade e nasce uma menina, e a menina cresce e vira a amante de um cara de uma gangue, e esse cara da gangue era gentil com ela, mas é baleado com a pistola de um promotor público, e o pai desse promotor era da Gestapo durante a guerra, aí no final essa menina está andando num bulevar e a trilha é uma música de Brahms. Um filme assim, não.

"Igual a quando corta um boi grande e come um bife desse tamanho. Ah, não dá para entender bem, né, se bem que mesmo sendo um bife pequeno, você ainda assim comeu um boi. Eu queria ver um filme que corta a cidade ou palácio de dentro da minha cabeça em pedaços como se corta um boi e transforma isso em cinema, tenho certeza que dá pra fazer.

"Acho que viraria um filme igual a um espelho gigante. Acho que resultaria num filme que seria como um espelho que reflete todas as pessoas que o veem, eu queria ver um filme assim, se tiver algo assim quero muito ver.

"Quer saber como é a primeira cena desse filme? Um helicóptero está trazendo uma estátua do Cristo, o que acha? Legal, não é?"

"Já deve estar batendo a brisa em você, Ryū, vamos sair de carro, ir para o vulcão, faz uma cidade e conta sobre ela pra mim, deve estar chovendo nessa cidade. Eu também quero ver uma cidade onde troveja, vem, vamos."

Digo que dirigir seria perigoso, mas Lilly não dá ouvidos. Pegou a chave e foi para fora com ímpeto, onde chovia forte.

Os letreiros em neon que alfinetam os olhos, os faróis dos carros vindo da direção oposta que partem meu corpo em dois, caminhões que vão nos ultrapassando produzindo um som parecido com o de uma ave aquática gigante, uma grande árvore que se coloca em nosso caminho de repente, a casa desabitada e dilapidada à beira da estrada, a fábrica que tem máquinas desconhecidas e solta chamas de suas chaminés, a estrada sinuosa que lembra ferro liquefeito saindo da fornalha.

O rio escuro que flui pelas curvas cantando como um ser vivo, a relva alta que balança ao vento como se estivesse dançando ao lado da estrada, a subestação de energia elétrica que geme e treme soltando vapor cercada por arames farpados, além de Lilly, que ri sem parar como uma louca e eu, que a estou vendo.

Tudo emite luz própria.

A sombra criada com a luz e amplificada pela chuva se estende pálida pelas paredes brancas das casas adormecidas e nos assusta, como um monstro que exibe seus dentes.

Sabe, a gente deve ter entrado no subterrâneo, aqui deve ser um grande túnel, porque não vemos estrelas e está pingando água do subsolo. E é gelado, deve ser a fissura de alguma coisa, cheia de criaturas que não conhecemos.

Depois de sucessivas curvas a esmo e paradas repentinas, nenhum de nós tinha ideia de onde estávamos.

Lilly estacionou o carro em frente à subestação que fazia barulho, altiva, destacada pela luz dos faróis.

As grossas bobinas circundadas pela cerca de arame. Fito a torre de ferro que remete a um paredão de pedra.

Aqui deve ser o tribunal, falando isso, Lilly começa a rir e olha os canteiros de hortas ao redor da subestação, revelados pela luz. A plantação de tomates balançando ao vento.

Parece o mar.

Os tomates molhados com a chuva são a única coisa vermelha na escuridão. Eles estão piscando como o pisca-pisca que é colocado no pinheiro ou à janela no Natal. Os inúmeros frutos vermelhos que oscilam soltando faíscas parecem peixes de águas profundas que emitem luz própria e têm dentes afiados.

"O que é aquilo?"

"Devem ser tomates, mas não parecem tomates, não."

"Parece o mar, o mar de algum país estrangeiro aonde nunca fomos. E alguma coisa está flutuando no mar."

"Devem ser minas navais, não podemos entrar, estão protegendo aí. Se tocar nelas, vão explodir e a gente morre, estão protegendo o mar."

Há um prédio do outro lado da plantação. É retangular e se estende para os lados, deve ser uma escola ou uma fábrica.

Um relâmpago cintilou, faíscas brancas preencheram todo o carro e Lilly gritou. Suas pernas expostas ficam arrepiadas, o volante é sacudido em suas mãos e seus dentes batem um no outro de modo sonoro.

É só um relâmpago, Lilly, calma.

Tá doido?! Lilly berrou e abriu a porta de súbito. O rugir do monstro invade o carro.

Eu vou entrar no mar, fico sufocada aqui dentro, me solta, me solta.

Lilly ficou encharcada em um instante e bateu forte a porta. A imagem de Lilly, com cabelos esvoaçantes, percorre o para-brisas. Uma fumaça rosa sobe do capô aos céus e vapores sobem da estrada iluminada pelos faróis. Lilly arreganha os dentes e grita algo do outro lado do vidro. Ali talvez realmente seja o mar. Lilly é um peixe abissal que emite luz própria.

Lilly acena para que eu vá até ela. Com a mesma expressão e trejeito da menina que corria atrás de uma bola branca em meu sonho de algum dia.

O som de atrito dos limpadores de para-brisas me faz pensar numa concha gigante que prende humanos e os corroem.

Nesse recinto fechado de metal, a poltrona branca é viscosa e morna como a carne da concha gigante.

As paredes estremecem liberando um ácido forte, me envolvendo e me corroendo.

Vem logo, você vai derreter se ficar aí.

Lilly vai avançando para dentro da plantação. Abre os braços como se fossem nadadeiras, molhando o corpo, as gotas d'água são escamas brilhantes.

Eu abri a porta.

O vento uiva como se todo o solo estivesse tendo um sismo. Os tomates que vejo sem o filtro do vidro não eram vermelhos. Eram mais próximos daquele tom de laranja que tinge parte das nuvens quando o sol está se pondo. Um laranja claro que percorre o vácuo da caixa de vidro e fica impregnado nas retinas mesmo ao fechar os olhos.

Eu corro atrás de Lilly. As folhas de tomate que roçam meus braços têm uma fina penugem.

Lilly pega um tomate. Olha, Ryū, igualzinho uma lâmpada, ele brilha. Eu corro até ela, tomo-o de sua mão e jogo para o alto.

Se abaixa, Lilly, é uma bomba, se abaixa. Lilly gargalha alto e nós caímos no chão.

Parece até que mergulhamos no mar, está tão quieto que dá medo. Ryū, eu ouço a sua respiração, e a minha também.

Os tomates lá no alto que enxergamos daqui também respiram em silêncio. Isso se mistura com nossa respiração e vai costurando entre os caules como uma névoa. Na terra preta encharcada há pedaços de folhas que espetavam nossa pele e dezenas de milhares de insetos minúsculos que descansam. A respiração deles chega dali debaixo da terra até nós.

Olha aquilo, deve ser uma escola, dá pra ver a piscina.

O prédio cinza absorve os sons e a umidade, nos atraindo. As instalações escolares que se sobressaem na escuridão se parecem com a luz dourada da saída no final de uma caverna profunda. Atravessamos a plantação arrastando nossos corpos pesados de lama e pisando sobre os tomates que haviam caído, maduros.

Sob o teto do prédio da escola, estávamos abrigados da chuva e do vento, dando a sensação de estarmos envolvidos pela sombra de um dirigível pairando no céu. O silêncio era demais e fui assolado por um calafrio.

Há uma piscina ao final do pátio amplo e flores plantadas ao seu redor. Elas florescem como eczemas na pele de um cadáver humano em decomposição, como células plasmáticas malignas que não param de se multiplicar. Com a parede que oscila como um pano branco ao fundo, as pétalas ora caem ao chão, ora dançam ao vento.

Estou com frio, parece até que estou morta.

Lilly está tremendo e me puxa, tentando voltar ao carro. A sala de aula que pode ser vista através da janela parece estar se preparando para destruir-nos. As carteiras e cadeiras enfileiradas ordenadamente lembram o cemitério coletivo de guerreiros sem nome. Lilly está tentando fugir do silêncio.

Comecei a correr pela diagonal do pátio o mais rápido que conseguia. Lilly está gritando atrás de mim.

Volte aqui, por favor, não vá!

Eu chego à cerca da piscina e começo a subi-la. Vista de cima, a superfície da água tem pequenas ondas que se encontram refletindo os raios, exatamente como acontece com a tv quando todos os programas acabam.

Você sabe o que você tá fazendo? Volta aqui, vai morrer, você vai morrer!

Envolvendo o próprio corpo com os braços e com as pernas sobrepostas, quase retorcidas, Lilly grita do meio do pátio.

Eu fiquei de pé à beira da piscina, tenso como um soldado dissidente, e então mergulhei na água, onde se formavam dezenas de milhares de pequenos círculos de ondas e que se parecia com gelatina translúcida.

O relâmpago ilumina as palmas das mãos de Lilly no volante. Uma gota de água corre pelo braço enlameado, onde os vasos sanguíneos azuis estão cravados sob a pele clara. O carro segue pelo caminho tortuoso, parecido com um tubo metálico, ao redor da base demarcada pela cerca de arame farpado.

"Ah, eu tinha me esquecido completamente."

"Do quê?"

"Na cidade de dentro da minha cabeça, sabe, tinha me esquecido de fazer um aeroporto."

O cabelo de Lilly, cheio de barro, está em tufos. O rosto está pálido, deixando à mostra as veias finas que correm no pescoço, e a pele de seu ombro está arrepiada.

Eu acho as gotas que escorrem pelo para-brisas muito parecidas com os insetos redondos do verão. Acho-as semelhantes aos pequenos insetos cujas costas redondas refletem toda a floresta.

Lilly confunde os pedais do acelerador e do freio toda hora e, sempre que faz isso, estica suas pernas brancas e sacode a cabeça com violência, como se tentasse voltar a si.

"Viu, a cidade está quase toda pronta, mas é uma metrópole submersa. O que eu faço com o aeroporto? Você tem alguma sugestão, Lilly?"

"Ai, já chega de falar bobagens, eu estou com medo, temos que voltar pro apartamento logo."

"Você também deveria ter tirado a lama, Lilly. Deve estar incomodando agora que secou, não é? Dentro da piscina era tão bonito, a água brilhava. Foi quando decidi que seria uma cidade submersa."

"Eu já falei pra parar, hein, Ryū, fala onde a gente tá. Não sei por onde a gente tá andando, nem dá pra ver direito, vai, pensa a sério um pouco. Pode ser que a gente morra, eu só consigo pensar nisso faz um tempo. Onde a gente tá? Ryū, fala pra mim onde a gente tá."

De repente, uma luz metálica alaranjada brilhou dentro do carro, como uma explosão. Lilly grita como uma sirene e acaba soltando o volante.

Puxei o freio de mão instintivamente e o carro derrapou para o lado cantando os pneus, foi arranhado pela cerca de arame farpado, bateu no poste e parou.

Ah, é um avião, olha, um avião.

A pista de pouso e decolagem estava repleta de luzes de todos os tipos.

Os holofotes giram em conjunto, todas as janelas dos prédios reluzem e os sinais luminosos com espaçamento uniforme piscam.

Os aviões a jato emitem um ruído alto que faz vibrar os arredores e aguardam, polidos e brilhosos, no final da pista de decolagem.

Há três holofotes sobre uma torre alta. O cilindro de luz que se assemelha ao pescoço de um dinossauro passa por nós e ilumina as montanhas longínquas. A porção de chuva capturada pelos feixes de luz se solidifica por um instante e se torna um ambiente reluzente prateado. O holofote mais potente ilumina um determinado local lentamente e gira. Ele gira iluminando uma via férrea de entrada, um pouco distante de nós, com um certo intervalo. Com o impacto da batida, havíamos perdido vontade própria, saímos do carro como robôs baratos que se mexem ao dar corda e têm uma direção definida para andar, então caminhamos até esse trilho em meio ao som ensurdecedor dos aviões a jato que faziam o solo vibrar.

A luz agora ilumina a encosta de uma montanha do lado oposto. O círculo laranja gigante arranca a noite em sucessão. Arranca a noite que havia grudado e envolvido coisas diversas.

Lilly tirou os sapatos. Joga os sapatos enlameados no arame farpado. A luz percorre o bosque logo ao lado. Os pássaros que dormiam saem voando, assustados.

É daqui a pouco, Ryū, estou com medo, é daqui a pouco.

O arame farpado ganha um destaque dourado e tenho a impressão de que a luz que vejo de perto está mais para um bastão de ferro incandescente. O círculo de luz se aproxima e está logo ali. Sobe vapor do chão. A terra, a relva e o trilho ficam no mesmo tom de branco de quando o vidro derrete.

Lilly entrou nesse círculo primeiro. E eu em seguida. Não ouço nada por alguns instantes. Após alguns segundos, senti uma dor insuportável nos ouvidos. Como se tivessem fincado uma agulha em brasa. Lilly cai de costas tapando os ouvidos. Um cheiro de queimado me sufoca.

A chuva espeta a pele. Como se eu grudasse congelado na geladeira e, dependurado, tivesse minha pele arrancada e ainda fosse cutucado com um bastão de metal pontiagudo, a chuva espeta a pele.

Lilly procura algo no chão. Está procurando algo desesperadamente, como um soldado míope que perdeu os óculos no campo de batalha.

O que será que está procurando?

As nuvens que pendem espessas, a chuva que cai incessantemente, a relva onde insetos descansam, o prédio da base todo acinzentado, a estrada molhada que reflete o prédio da base e o ar que vibra como ondas, estão todos sob o domínio do avião que cospe fogos enormes.

Ele começou a avançar lentamente pela pista de decolagem. O solo trepida. O objeto prateado de metal gigantesco ganha velocidade aos poucos. Tenho a impressão de que o som agudo está queimando o ar. Bem diante de nós, quatro cilindros ainda maiores acoplados à fuselagem cospem labaredas azuis. O cheiro de óleo combustível e uma rajada de vento me atingem.

Meu rosto se contorce e sou jogado ao chão. Com a visão embaçada, faço de tudo para tentar enxergar algo. A barriga branca do avião se soltou do chão e, instantes depois, foi engolida pelas nuvens.

Lilly está olhando para mim. Tinha espuma branca entre os dentes e, aparentemente tendo mordido a própria boca, está sangrando.

Ryū, como ficou a cidade?

O avião parecia estar parado no céu.

O avião, naquele momento, parecia parado no céu, como brinquedos suspensos no ar, dependurados por arames no teto da loja de departamentos. Parecia que éramos nós que estávamos nos afastando dele em uma velocidade aterrorizante. Parecia que eram o solo sob meus pés, a relva e o trilho que estavam caindo.

Como ficou a sua cidade, hein?

Lilly se deita de barriga para cima na estrada e pergunta.

Tira o batom do bolso, rasga a roupa que veste e começa a pintar o próprio corpo. Ri enquanto desenha linhas vermelhas na barriga, no peito, no pescoço.

Eu percebo que dentro da minha mente não há nada além do cheiro de óleo combustível. Não há cidade em lugar nenhum.

Lilly havia desenhado formas no rosto com o batom, como as mulheres africanas que dançam convulsivamente em festa.

Ryū, me mata. Sinto uma coisa estranha, eu quero que você me mate.

Lilly grita, lacrimejando. Fomos jogados para fora. O corpo bate no arame farpado. As farpas espetam a carne do ombro. Eu quero furar meu corpo. Quero me livrar do cheiro de óleo combustível, só penso nisso. Só fico pensando nisso e não sei mais o que está acontecendo à minha volta. Lilly me chama, rastejando no chão. Está nua, amarrada pelos traços vermelhos ao chão, com as pernas esparramadas, pedindo sem parar para que eu a matasse. Eu me aproximei de Lilly. Lilly começa a chorar alto, tremendo forte.

Me mata logo, me mata logo. Eu toco no pescoço que está com listras vermelhas.

Nesse instante, um canto do céu brilhou.

Um relampejo pálido deixou, por um momento, tudo transparente. O corpo de Lilly, meu braço, a base, as montanhas e o céu, tudo ficou transluzente. E encontrei um traço curvo percorrendo ao final de toda essa transparência. Curvas que eu nunca havia visto antes, ondulações brancas, eram ondulações brancas fazendo uma curva suave.

Ryū, agora você entendeu que é um bebê? Você é mesmo um bebezinho.

Tirei a mão que havia pousado sobre o pescoço de Lilly e coletei com a língua a espuma branca que havia se acumulado na boca de Lilly. Lilly tira minha roupa e me abraça.

Uma corrente de óleo iridescente veio de algum lugar e se partiu para os lados ao encontrar nossos corpos.

A chuva parou de manhã cedo. O vidro fosco da janela da cozinha reluz, prateado.

Estava sentindo o cheiro do ar que ficava mais quente e passando o café quando a porta da frente se abriu de repente. Com os peitos avantajados envoltos por fardas cheirando a suor e cordas brancas pendendo dos ombros surgiram três policiais. Acabei derrubando o açúcar no chão de susto, e o policial jovem pergunta para mim:

"O que vocês estão fazendo aqui?"

Fico em pé sem responder nada, então eles me empurram e os dois da frente vão entrando no apartamento. Não se importaram que Kei, Reiko e os outros estivessem dormindo; ficaram de pé em frente à varanda com os braços cruzados e abriram a cortina com violência.

Kei acorda em um pulo com o barulho e a claridade que entrou. Os policiais em contraluz pareciam bem grandes.

O homem gordo mais velho que havia ficado na entrada foi adentrando com calma, afastando com o pé os sapatos que estavam espalhados.

A gente não tem mandado, mas não importa, né? O apartamento é seu? É, não é?

Ele pega no meu braço e examina as marcas de injeção.

Você é estudante? Os dedos da mão do homem gordo são curtos e as unhas estão sujas. Ele não me segurava com muita força, mas eu não conseguia me desvencilhar dele.

Contemplei a mão do homem que havia me segurado de modo casual e que era banhado pelos raios da manhã como se estivesse olhando para uma mão pela primeira vez na vida.

No apartamento, o pessoal que estava praticamente pelado está se vestindo às pressas. Os policiais jovens aproximam os rostos um do outro e sussurram entre si. Palavras como chiqueiro e maconha chegam até meus ouvidos.

Vista-se logo, vai, você, ponha a calça.

Kei faz bico vestida somente com uma calcinha, olhando feio para o policial gordo. Kazuo e Yoshiyama ficaram de pé perto da janela com uma expressão tensa, esfregavam os olhos quando foram advertidos pelos policiais e desligaram o rádio. Reiko vasculha a bolsa face à parede, encontra a escova de cabelo e se penteia. O policial de óculos toma a bolsa e despeja o conteúdo na mesa.

Ei, o que você tá fazendo? Para!

Reiko protestou em voz baixo, mas o policial só deu um riso de sarcasmo e a ignorou.

Moko está pelada, estirada na cama e não dá sinais de acordar. Sua bunda molhada de suor está exposta à luz. O policial jovem está olhando fixamente para o pelo preto que saía do meio das nádegas dela. Cheguei perto de Moko, sacudi seus ombros, acorda, e a cobri com um cobertor.

Ei, você, ponha a calça, que olhar é esse, hein? Kei falou algo em voz baixa e olhou para o lado, mas, quando Kazuo joga para ela sua calça jeans, estalou a língua, irritada ao vesti-la. A garganta dela está tremendo de forma notável.

Os três olham pelo apartamento com as mãos na cintura e examinam o cinzeiro sem muita atenção. Moko enfim desperta e diz com a língua enrolada, ai, quem são esses caras, o que aconteceu? Os policiais dão risadinhas.

Escutem aqui, vocês, não façam muita loucura, não é legal, vocês ficam perambulando por aí pelados em plena luz do dia, pode ser que vocês não liguem, mas alguns humanos têm vergonha, diferente de vocês.

O policial mais velho abre a varanda. A poeira, quase igual às gotículas de água do chuveiro, flui para fora.

A paisagem urbana matinal é ofuscante e eu não a enxergo bem. O para-choque do carro que passa por fora brilhou e senti náusea.

Os policiais parecem maiores do que nós nesse apartamento.

"Er, será que eu posso fumar um cigarro?"

Perguntou Kazuo, mas o de óculos disse, deixa disso, e tomou o cigarro que ele havia tirado da caixa e estava segurando, colocando-o de volta ao maço. Reiko coloca as roupas de baixo em Moko. Tremendo e pálida, Moko prende o gancho do sutiã.

Resisti à ânsia de vômito que subia e indaguei:

"Aconteceu alguma coisa?"

Os três se entreolharam e gargalharam.

Se aconteceu alguma coisa? Ainda tem coragem de perguntar, cara? Olha aqui, humanos não podem ficar mostrando a bunda e as outras partes em público, talvez vocês não entendam isso, mas não é igual cachorro.

Vocês têm família também, não têm? Eles não falam nada vendo vocês nesses trajes? Não, né? A gente tá sabendo que vocês ficam trocando de parceiro e não estão nem aí. E você aí, você deve até trepar com o próprio pai, não é? Você mesma.

Ele berra para Kei. Ela tem lágrimas nos olhos. Heh, besta, tá com raiva?

Moko não parava de tremer e Reiko fechou os botões da camisa para ela.

O policial gordo segurou o braço de Kei, que tentava ir para a cozinha, impedindo-a.

Depois que Yoshiyama, o mais velho do grupo, entregou o pedido de desculpas na delegacia que cheirava à poeira, fomos ao show do The Bar-Kays no Hall de Concertos a Céu Aberto de Hibiya em vez de voltar ao apartamento. Todos estão cansados por causa da privação de sono. Ninguém falou dentro do trem.

"Nossa, como é que não viram o haxixe, Ryū? Tava bem na cara deles, certeza que nem conheciam, devem ser a ralé da subestação policial, que bom, ainda bem que não eram do Departamento de Preservação de Segurança."

Yoshiyama falou sorrindo com sarcasmo ao descer na estação e Kei, com uma expressão de descontentamento, cuspiu na plataforma. Moko distribui Nibrole a todos no banheiro da estação.

Kazuo está perguntando à Reiko. Triturando o Nibrole com os dentes, fazendo barulho.

"O que você ficou lá falando com aquele carinha mais novo? No corredor."

"Aquele policial veio conversar comigo falando que é fã do Led Zeppelin. Disse que se formou em design, era boa pessoa."

"É mesmo? Ah, eu devia ter feito o boletim de ocorrência do roubo do flash."

Eu também mastiguei o Nibrole.

Quando avistamos a floresta do local do evento, já estávamos todos cambaleantes, dopados. Do hall de concertos cercado pela floresta, ouve-se rock em alto volume, de fazer tremer as folhas das árvores. Crianças com patins observam, através da cerca de arame em volta do hall, a pessoa de cabelo longo que saltita no palco. Um homem e uma mulher que estavam sentados no banco riram discretamente ao ver o chinelo de borracha de Yoshiyama. Uma mãe carregando o bebê nos braços passa por nós, olhando-nos com uma expressão de reprovação. Meninas que corriam segurando balões grandes pararam, surpreendidas pelo grito do vocalista que ouviram de repente. Uma delas acabou soltando o balão e ficou com cara de choro.

O balão vermelho e grande vai subindo devagar.

"Eu não tenho dinheiro."

Yoshiyama falou para mim, que comprava ingresso na entrada. Moko fala que tem um amigo na organização do festival e vai em direção ao palco. Kei comprou o ingresso dela e foi logo entrando.

"Eu também não tenho o suficiente pra ficar pagando o seu."

Quando digo isso, ele alicia Kazuo, que também não tinha dinheiro, então vou entrar pulando a cerca de novo, e vão para os fundos.

Será que eles não vão ter problemas? Eu disse, mas Reiko parecia não ter ouvido por causa do solo de guitarra em volume ensurdecedor. No palco, diversos amplificadores e caixas de som estão lado a lado, como se fossem amostras de blocos de montar. A mulher vestida em um macacão de lamê azul canta "Me and Bobby McGee" numa entoação incompreensível. Sempre que os grandes pratos brilhosos da bateria tremulam, a mulher se endireita, ficando ereta. As pessoas dos assentos da frente dançam de boca aberta, batendo palmas. O som forma um vórtice que preenche todo o ambiente e sobe para o céu. Meus ouvidos vibram sempre que o cara na guitarra descarrega a mão direita para baixo. Os sons são individuais, mas atravessam o solo como um único som robusto. Eu estou andando pela borda externa, o local mais longe do palco naquele hall em formato de leque. Pensando que é muito parecido com os bosques das manhãs de verão, quando as cigarras cantam todas de uma vez. Ando contornando a última fileira de cadeiras. Um agitando o saco de náilon para cheirar cola embaçado pela respiração, outro com a mão no ombro de uma mulher que gargalhava com a boca aberta ao máximo, um vestindo uma camiseta tingida com a estampa do Jimi Hendrix, calçados variados batendo o chão. Chinelos de couro, sandálias cujas cordas de couro se enrolavam pelos tornozelos, botas de borracha prateadas com esporas, descalços, saltos altos esmaltados, tênis de basquete, e os batons, os esmaltes, as sombras, os cabelos e os rouges de cores diversas oscilam acompanhando os sons, formando um burburinho gigantesco e único. A cerveja espuma e é derramada, a garrafa de coca-cola se quebra, a fumaça de cigarro sobe sem parar, o suor corre pelo pescoço de uma mulher gringa que tinha um diamante cravado na testa, um homem de barba agita a echarpe azul que estava enrolada no próprio pescoço, subindo na cadeira e balançando os ombros. Uma mulher que usava um chapéu com pena cospe catarro, ela está com óculos de sol com armação dourada, com os lábios bem abertos, mordendo o lado de dentro das bochechas. Com as mãos juntas atrás de si, ela rebola. A saia longa e suja ondula. Se retorce para trás reunindo a vibração do ar em todo o seu corpo para então se curvar para frente de novo.

"Ei, Ryū, é você mesmo, Ryū?"

Um homem que vendia ornamentos artesanais de metal, broches de presas e ossos de animais, colares, incensos indianos sobre um feltro preto estendido perto do bebedouro num canto do passadiço e ainda tinha, sobre o pano, panfletos sobre drogas e ioga, falou comigo.

"Ué, começou um negócio, é?"

Esse homem de apelido Male, que sempre rodopiava estendendo os dois braços quando tocavam Pink Floyd num café que onde nos reuníamos antigamente, sorriu para mim ao me aproximar.

"Não, só estou ajudando um amigo que me pediu."

Diz isso e balança a cabeça, mexendo o rosto magro. Os dedos de seu pé preto de sujeira estão enfiados em um chinelo, um dos seus dentes da frente está quebrado.

"Uma decepção, né? Agora tá tudo assim, outro dia vieram o Julie e o Shōken,[4] eu atirei pedra neles, você tá na base de Yokota, é? Como é lá, é legal?"

"Até que sim, tem uns negros, é legal andar com eles, eles são demais, fumam erva, enchem a cara de vodca, e mesmo quase caindo de bêbados eles tocam o saxofone de um jeito magnífico, são impressionantes."

Moko está dançando bem em frente ao palco, seminua. Dois fotógrafos apertam os disparadores, capturando Moko. Um homem que jogava papéis em chamas na plateia é cercado por alguns seguranças e levado para fora. Um homem pequeno que segurava um saco de cola subiu ao palco a passos incertos e agarrou por trás a mulher que cantava. Três funcionários tentam afastar o homem. O homem se segura na cintura do macacão de lamê e tenta tomar o microfone. O cara tocando baixo ficou bravo e bateu com o pedestal do microfone nas costas do homem. O homem se contorcia arqueando-se para trás com a mão na lombar, quase caindo no chão, e o baixista o jogou de volta à plateia. As pessoas que dançavam gritam algo e desviam para os lados. O homem, que havia caído de cara no chão com o saco de cola ainda à mão, foi levado para fora, os seguranças o arrastando pelos braços.

"Ryū, você lembra da Meg? Sabe, aquela que pediu pra tocar órgão lá em Quioto? Tinha olhos grandes e mentiu na cara dura que tinha largado a faculdade de artes."

Male falou enquanto tirava um cigarro do bolso da minha camisa e o acendia. Expira a fumaça pela fresta do dente quebrado.

"Lembro."

---

4   Julie, como era conhecido o cantor Kenji Sawada, e Shōken, cujo nome verdadeiro é Keizō Hagiwara, eram respectivamente vocalistas das bandas de rock japonesas The Tigers e The Tempters, populares nos anos 1960. Depois do fim das duas bandas, Julie e Shōken formaram junto com outros artistas uma nova banda chamada PYG no início da década de 1970. [NE]

"Ela veio pra Tóquio, pra minha casa, pensei em te avisar mas não sabia seu endereço. Ela veio falando que também queria te ver, foi logo depois que você se recolheu."

"Sério? Também queria ter me encontrado com ela."

"A gente morou junto por um tempo. Ela era uma boa garota, Ryū, uma boa garota, mesmo. Era bem boazinha, ficou com dó do coelho que tinha sobrado na loja e trocou pelo relógio de pulso. Ela era riquinha, tava com um Omega, um desperdício, por um coelho fedorento, ela era assim."

"Ela ainda está por aí?"

Male não respondeu e levantou a barra da calça, mostrando a panturrilha da perna esquerda. Um queloide cor-de-rosa repuxa a pele até mais para cima.

"É uma queimadura? O que você fez? Foi bem feio."

"Foi mesmo, tava dançando, brisando, no meu apartamento. Aí o fogo do aquecedor passou pra saia, e a saia era longa. O pano queimava fácil, cara, foi num instante, não dava nem pra ver o rosto dela."

Afasta o cabelo que cai no rosto com os dedos e apaga o cigarro, já curto, esfregando-o na sola do chinelo.

"Ficou carbonizada, não é legal ver corpos carbonizados, não, é horrível. O pai dela veio correndo, sabe quantos anos ela tinha? Quinze, sabe, quinze, fiquei surpreso."

Ele tira um chiclete do bolso e coloca na boca com dente quebrado. Eu recusei abanando a mão.

"Se soubesse que tinha quinze desde o começo, teria mandado voltar pra Quioto. Ela disse que tinha vinte e um, eu acreditei porque ela era bem madura, acreditei mesmo."

Male disse que talvez fosse voltar para o interior e falou para visitá-lo quando ele fizesse isso.

"Sempre lembro do rosto dela daquele momento, me sinto mal pelo pai dela também, nunca mais vou usar metaqualona."

"E o piano, como ficou?"

"No incêndio? Queimou só ela, o piano não queimou nem um pouco."

"Não tá mais tocando?"

"Toco, sim, toco, mas, né, e você, Ryū?"

"Estou enferrujado."

Male se levantou e comprou duas coca-colas na vendinha. Ele oferece a pipoca que estava pela metade. Vez ou outra sopra uma brisa morna.

O gás do refrigerante estimula a garganta dessensibilizada com o Nibrole. Meus olhos de turbidez amarela estão refletidos no espelho com moldura decorada que está sobre o feltro preto.

"Lembra que eu tocava 'The Crystal Ship', do The Doors?

"Agora, quando ouço, eu choro, porque sinto como se eu estivesse tocando quando ouço aquele piano, aí não consigo segurar. Pode ser que daqui a pouco eu não aguente ouvir mais nada, vai ser tudo nostálgico. Não quero mais, não, e você, Ryū? A gente daqui a pouco vai fazer vinte anos, viu? Não quero acabar igual a Meg, e não quero nunca mais ver gente naquele estado de novo."

"Vai voltar a tocar Schumann de novo?"

"Não é isso, mas quero sair dessa vida imunda, só que não sei o que devo fazer."

Estudantes do ensino primário de uniforme preto passam pela rua mais abaixo, andando em três filas. Segurando uma bandeira, uma mulher, provavelmente a professora, chamava a atenção deles, berrando. Há uma menina parada olhando fixamente para mim e Male, de cabelos longos e aparência cansada, escorados na cerca de arame. Com um chapéu vermelho, ela olha para nós enquanto seu ombro é empurrado pelos amigos que passam por ela. A professora empurrou-lhe a cabeça e ela depressa começou a andar. Corre para voltar à fila, sacudindo a mochila branca. Ela se virou de novo para olhar para nós só mais uma vez antes de sumir da vista.

Será que é viagem de formatura? Murmurei, mas Male cospe o chiclete e ri, crianças do primário vão fazer viagem de formatura, cara?

"Ah, Male, o que você fez com o coelho?"

"O coelho? Ah, fiquei criando por um tempo, mas é chato, né, ficava lembrando, e não tinha quem quisesse ele."

"Será que eu pego pra cuidar?"

"Ah, já era, eu comi."

"Comeu?"

"Pedi pro açougueiro do bairro, filhotes de coelho só tem isso aqui de carne, sabe. Eu pus ketchup, era meio duro."

"Você comeu, então."

Os sons que saem das caixas de som gigantescas parecem não ter relação com as pessoas no palco.

É como se os sons já existissem na superfície da terra e os macacos maquiados estivessem dançando acompanhando o ritmo.

Moko chega ensopada de suor, olha de relance para Male e me abraça.

"O Yoshiyama estava te chamando pra lá. Disse que o Kazuo se machucou, apanhou do segurança."

Male se sentou novamente em frente ao feltro preto. Ah, Male, me avisa quando voltar pro interior.

Jogo um maço de Kool para ele.

"Tá, se cuida, viu."

Ele jogou um broche feito de concha transparente para mim.

"Presente pra você, Ryū, é um navio de cristal."

"Nossa, Moko, tá tão suada, tem graça ficar dançando pra uma banda dessas?"

"Qual é, a gente sai no prejuízo se não curtir."

Yoshiyama acena para eu ir até ele, fumando um baseado com a ponta toda molhada, fazendo ruído.

"O Kazuo é besta, foi fazer bem na frente do segurança. Coitado, bem quando ele tentou fugir, levou na perna. O segurança era dos ruins, puta merda. Foi com taco de beisebol, acredita?"

"Levou pro hospital?"

"É, a Kei e a Reiko, Reiko falou que ia voltar rapidinho pro bar. Kei deve ter levado Kazuo pro apartamento dele, mas que raiva, hein, dá uma raiva."

Ele entrega o baseado para a mulher de maquiagem pesada ao seu lado. A mulher de ossos malares ressaltados e um azul carregado ao redor dos olhos pergunta, ué, o que é isso, a Yoshiyama. O cara que está com ela segurando sua mão diz, duh, é maconha, no pé do ouvido dela. A mulher disse, ah, obrigada, com os olhos brilhando, e puxou fumo fazendo barulho, junto com o cara.

Moko toma mais dois comprimidos de Nibrole perto do bebedouro. O corpo está melado de suor e a barriga com o short encravado está balançando. Um fotógrafo de braçadeira tira foto de Moko, que se agarra em mim. Afastei meu corpo do dela, desvencilhando-me dos braços que envolviam meu pescoço.

"Pronto, Moko, já pode ir lá dançar de novo."

"Ai, até passei Dior de novo e você nem aí, eu te odeio, Ryū, seu chato."

Mostrando a língua, vai entrando na massa dançante, dando passos errantes. A cada pulo que dava, os peitos de Moko balançam, um deles com uma mancha.

Yoshiyama veio correndo, pegamos o cara que ferrou com o Kazuo, sussurrou.

Um hippie mestiço sem camisa imobiliza por trás um cara de cabeça raspada e um outro o amordaça com uma corda fina de couro. Dentro de um banheiro escuro nos fundos do local do evento. As paredes estão sujas de pichações e teias de aranha e o cheiro de urina incomoda. Uma mosca sai voando pelo vidro quebrado da janela.

Yoshiyama deu uma cotovelada na barriga do segurança que se debatia, mexendo as pernas.

"Ei, você, fica aí de vigia."

Quase metade do cotovelo de Yoshiyama afundou de novo no estômago do homem, que vomitou. Algo amarelo sai dos vãos da boca traspassada firmemente pela corda, escorrendo pelo pescoço e sujando a camiseta com estampa de Mickey

Mouse. O homem cerra bem os olhos, tentando resistir à dor. Vai saindo ainda mais vômito, que fica acumulado no cinto grosso e acaba até entrando para dentro da calça. O hippie mestiço de bíceps desenvolvido fala a Yoshiyama, deixa eu dar uma, foi para frente, rugiu, e assim que ele brandiu o braço, o rosto do segurança que pendia virou para o lado, quase sendo arrancado. O sangue fresco jorrou e presumi que havia quebrado um dente. O homem desmaia e se estira no chão. O hippie mestiço que estava numa brisa forte de alguma coisa se desvencilhou de Yoshiyama, que tentava contê-lo, e com os olhos vermelhos reluzindo, acabou quebrando o braço do segurança. Emitindo um som seco, como quando se quebra um galho de árvore para deixá-lo mais curto. O homem gemeu e levantou o rosto. Arregala os olhos ao ver o braço torto e distendido e rola pelo chão de concreto sujo de mijo. Rola uma, duas vezes, devagar, arqueando para trás. O hippie mestiço limpou a mão com um lenço e enfiou o lenço sujo de sangue na boca do homem que gemia no chão. Nos ínterins do som da guitarra que quase estourava os tímpanos, o ulular do homem chega até mim. O homem parou de rolar e começou a tentar avançar rastejando quando Yoshiyama e os outros saíram. Ele encrava os dedos da mão direita no chão, como se procurasse algo num lugar escuro.

"Anda, vamos, Ryū."

Do nariz para baixo, ele está melado de sangue, como se estivesse com uma máscara preta. Tenta rastejar olhando para o chão imediatamente à frente dele, com veias grossas saltando na testa. Tenta rastejar pelo concreto viscoso usando os cotovelos. Talvez tenha sentido uma dor forte, murmurou algo, ficou de barriga para cima e a ponta dos pés tremiam. A barriga coberta de vômito oscila para cima e para baixo.

O interior do trem cintilava. Sinto queimação no meu peito preenchido por ruído do ambiente e cheiro de álcool. Yoshiyama anda de um lado a outro com olhos vermelhos por efeito de Nibrole e Moko está sentada no chão, perto da entrada. Mascamos mais dois comprimidos de Nibrole, cada um na estação de metrô. Estou de pé escorado no balaústre, ao lado de Moko, olhando vagamente Yoshiyama vomitar com a mão sobre o peito e os outros passageiros se afastarem depressa, dando um grito. O cheiro ácido chega até mim. Yoshiyama limpa a boca com um jornal que estava na prateleira.

Com o movimento do trem, o vômito constituído somente por um líquido ralo se esparramou pelo assoalho e não entraram novos passageiros no vagão. Idiotas, Yoshiyama murmura e bate na janela. Minha cabeça está pesada e quase caio se não me seguro firme. Moko está de cabeça erguida e segurando minha mão, mas não tenho sensibilidade e não sinto que estou tocando a mão de alguém.

"Ai, Ryū, estou morta de cansaço."

Moko não para de falar que quer voltar de táxi. Yoshiyama ficou de pé em frente à mulher que mostrava as costas, lendo um livro no canto do vagão. Ao ver Yoshiyama com saliva escorrendo pelos lábios, a mulher tentou fugir. Ele pegou no braço da mulher que soltou um grito e, como que fazendo seu corpo rodopiar, a agarrou. Rasga a blusa fina da mulher. O grito ressoa mais alto do que o som do trem. Os passageiros fogem para outros vagões. A mulher deixa cair o livro e o que havia dentro da sua bolsa. Moko faz uma expressão de desagrado, olhando naquela direção, e murmura com os olhos sonolentos, que fome.

Ryū, não quer comer uma pizza? De anchova, com bastante tabasco, até a boca ficar ardida, que tal?

A mulher dá um empurrão em Yoshiyama e vem correndo em nossa direção. Desviando da sujeira no chão, com o queixo empinado segurando o peito à mostra. Eu pus meu pé na frente. Levanto a mulher que havia tropeçado e tento beijá-la. A mulher tenta se desvencilhar com os dentes cerrados, agitando a cabeça.

Yoshiyama fala, idiotas, em voz baixa para os passageiros que nos olham. Os passageiros do outro lado do vidro nos observam com a postura de quem olha para uma gaiola do zoológico.

Chegando na estação, cuspimos na mulher e corremos pela plataforma. Ei, são esses caras, peguem eles! Um homem de meia idade berra com o tronco para fora da janela, a gravata farfalhando. Yoshiyama vomitou enquanto corria. A camisa fica cheia de gosma e o som do chinelo de borracha ecoa pela plataforma. Pálida, Moko corre descalça, com as sandálias na mão. Yoshiyama tropeça e cai na escada. Corta a parte de cima do olho e dali escorre sangue. Ele começa a tossir enquanto corre e murmura algo. Um funcionário da estação segura o braço de Moko na catraca, e Yoshiyama dá um soco em seu rosto. Entramos no meio da multidão que inundava o caminho. Levanto Moko, que está se agachando. Meus olhos doem e, ao segurar as têmporas, saem lágrimas. Uma forte náusea sobe como uma onda desde o piso do corredor e eu seguro minha boca com firmeza.

Moko andava dando passos incertos e o cheiro dos negros que estava no corpo dela até aquela manhã já sumiu.

Ainda há poças d'água no pátio do hospital geral. A criança carregando jornais corre a desviar do lamaçal com marcas de pneus.

Há um pássaro cantando em algum lugar, mas não posso vê-lo.

Ontem à noite, quando cheguei ao apartamento, vomitei com força ao sentir o cheiro de abacaxi.

Quando beijei a mulher do trem, ela fitou meus olhos e ficou com uma expressão perplexa por um instante. Com que cara será que eu estava?

Pássaros pousaram no jardim do conjunto residencial. Bicam as migalhas de pão que o casal de americanos que mora no térreo joga. Olham ao redor, agitados, para então bicarem e engolirem depressa. Há migalhas entre as pedras e os pássaros as bicam habilmente. Uma senhora da limpeza com um pano na cabeça ia em direção ao hospital e passou logo ao lado, mas eles não fugiram.

Daqui não posso ver os olhos dos pássaros. Eu gosto dos olhos dos pássaros, que só têm a borda redonda. Pássaros cinzas com penas vermelhas que parecem coroas.

Pensei em dar aos pássaros o abacaxi que ainda não havia jogado fora.

A nuvem ao leste se abre e a luz irradia. O ar fica branco ao ser iluminado. No mesmo instante em que a varanda do térreo foi aberta de modo sonoro, os pássaros foram embora voando.

Volto para dentro do apartamento e trago o abacaxi.

"Oi, eu pensei em dar isso aqui pros pássaros..."

Ao falar isso para uma senhora com semblante gentil que pôs a cabeça para fora, ela apontou logo debaixo do pé de choupo e disse, se deixar ali, bicam bastante.

O abacaxi que joguei caiu no chão, amassou e desmanchou, mas, ainda assim, rolou devagar e parou perto do choupo. O som do abacaxi atingindo o chão me lembra o linchamento de ontem no banheiro.

A senhora americana está indo levar o poodle para passear. Ao ver o abacaxi, ela estendeu a mão sobre os olhos, talvez por estar ofuscada, levantou o olhar para mim e sorriu, acho que os pássaros vão gostar.

"Okinawa, aonde você foi naquela hora? A gente ficou preocupado."

"Ele foi dormir no hotel sozinho, num lugar pra casais. E, escuta só, acharam esquisito ele estar com esse traje, aí ele fugiu pela janela, sendo que ele pagou, que vergonha! E foi com meu dinheiro, mas tudo bem, não ligo."

Reiko veio com Okinawa de tarde. Okinawa estava bêbado de novo e cheirava muito mal, então o forçamos a tomar banho, ignorando-o ao dizer que queria usar heroína o quanto antes.

Reiko aproximou o rosto ao meu ouvido e disse em voz baixa, não fala que eu fiz aquelas coisas com Saburō e outros caras na festa, viu, senão ele me mata, eu assenti sorrindo e então ela se despiu e entrou no banheiro também.

Yoshiyama está bravo porque Kei não veio ao apartamento na noite anterior. Ele não demonstrou interesse quando Okinawa trouxe o novo disco do The Doors para mostrar.

Ouviu-se o gemido da Reiko do banheiro e Moko, com uma expressão enfastiada, diz:

"Ryū, põe alguma música, não quero ficar só metendo, deve ter outras formas de se divertir, deve ter outras formas."

Quando pousei a agulha no disco do The Doors, apareceram Kazuo, que arrastava o pé, e Kei, que lhe dava apoio, dizendo, vim pegar as lembrancinhas da festa, tem alguma coisa? Eles já estão brisando no Nibrole. Chupam a língua um do outro na frente de Yoshiyama.

Com os lábios colados nos de Kei, Kazuo olhava para Yoshiyama com uma expressão de que achava tudo aquilo muito engraçado.

Yoshiyama agarra Moko, que estava deitada ao seu lado na cama lendo revista, e tenta beijá-la. Tá louco? Já logo de manhã, para, você só sabe fazer essas coisas? Moko o rejeita berrando e Yoshiyama olha feio para Kei, que riu disso. Moko joga a revista que estava lendo no tapete e fala, Ryū, eu vou embora, já estou cansada, não dá mais. Ela passava o braço no vestido de veludo que usava quando chegou.

"Kei, onde você dormiu ontem?"

Yoshiyama desceu da cama e pergunta a Kei.

"No apartamento do Kazuo."

"Com a Reiko?"

"Reiko foi pro hotel com Okinawa. Lá no Love Palace em Shin Ōkubo, disse que o teto era todo espelhado."

"Você trepou com o Kazuo, não foi?"

Moko ouve a discussão entre Yoshiyama e Kei com reprovação. Maquia-se rapidamente, arruma o cabelo e bate no meu ombro, dá um haxixe pra mim, Ryū.

"Nossa, trepou, como você fala uma coisa dessas, tá todo mundo ouvindo."

"Yoshiyama, não fala assim, sério, ela só veio comigo porque eu tava machucado. Não fala essas coisas na frente de todo mundo."

Depois de falar isso com um sorriso malicioso a Yoshiyama, Kazuo pergunta para mim, não achou o flash, não, né? Fiz que não e ele murmurou, caramba, custou 20 mil ienes, e ainda tinha acabado de comprar, e olhou para baixo, passando a mão na faixa que envolvia seu tornozelo.

"Ryū, me leva até a estação."

Moko diz, calçando os sapatos na entrada. Enquanto arrumava o chapéu olhando para o espelho.

Ah, Moko, você vai embora? Reiko falou, com a toalha de banho enrolada no corpo e tomando coca-cola da geladeira.

Moko me pediu para comprar uma revista para garotas e cigarro numa loja no caminho. A garota da tabacaria, que me conhece de vista, falou, ah, que legal, um encontro, enquanto jogava água em frente a loja. Ela está vestindo uma calça cor de creme apertada que marca a calcinha que usava por baixo. Na hora de entregar o cigarro, depois de enxugar as mãos molhadas no avental, ela olhou para as unhas do pé de Moko pintadas de vermelho.

"Sua bunda ainda dói?"

"Dói um pouco no banheiro, mas o Jackson é bonzinho, ele comprou essa echarpe na loja lá da base, é da Lanvin."

"Você vem de novo? Deu uma canseira."

"Foi bem agitado, né? Mas acho que se tiver festa venho de novo, a gente não tem muita oportunidade pra se divertir, não acha? Não tem nada de legal, e eu vou acabar me casando mesmo."

"Ah, Moko, você pretende se casar?"

"Claro, achou que não?"

Um caminhão atravessou a faixa e virou à direita no cruzamento em uma manobra perigosa, levantando uma nuvem de poeira. Entrou areia nos olhos e na boca, e eu cuspo. Tá dirigindo igual um asno, reclama o carteiro que havia descido da bicicleta e esfregava os olhos.

"Ryū, fala com o Yoshiyama, ele bate na Kei, tem que chamar a atenção dele. Ele fica bêbado e faz coisas horríveis, fica chutando. Precisa falar com ele, viu."

"Ele faz pra valer? Não, né?"

"Você ainda pergunta? Ele já quebrou os dentes da Kei uma vez. Não dá pra saber o que o Yoshiyama vai fazer, ele muda quando bebe, fala lá com ele."

"Sua família tá bem, Moko?"

"Meu pai tá meio doente, mas estão, sim, você sabe, né, meu irmão mais velho é sério demais. Por isso eu acabei ficando assim, mas parece que já desistiram, quando falei que eu saí na *an an*, minha mãe ficou contente, será que ela está feliz?"

"O verão já chegou, não acha que choveu pouco?"

"Pode ser, Ryū, sabe o filme do Woodstock, você viu?"

"Vi, por quê?"

"Não quer ver de novo? Será que não vai ter graça se virmos agora, o que você acha?"

"Acho que não vai ter graça, mas o Jimi Hendrix é demais, era demais."

"É, não deve ter mais graça, mesmo, mas pode ser que emocione de novo, mas deve perder a graça depois, queria dar uma olhada de novo."

Bob e Tami passaram por nós num carro esportivo amarelo gritando eieiei. Moko sorriu e acenou e pisou no cigarro que estava fumando com o calcanhar fino do salto alto.

"Você acha que tem direito de falar essas coisas? Não tem a ver com estar casado ou não, você quer que eu faça o quê, hein, quer que eu faça o quê? Quer que eu diga que eu te amo? É? Então eu falo, mas não encosta em mim, e para de me encher o saco, por favor."

"Kei, não é isso, não fica brava, eu quero dizer pra gente não ficar fazendo coisas que cansam o outro, sabe? Tá só fazendo coisa que cansa o outro, não é? Vamos parar, você entende, né? Você tá me ouvindo, Kei?"

"Eu tô ouvindo, vai logo, termina de falar logo."

"Não quero me separar de você, Kei, eu vou trabalhar e ser estivador no porto, em Yokohama pagam 6 mil ienes por dia, é bastante, não acha? Vou tomar jeito, não vou te dar trabalho, não tem problema você transar com outros caras, eu nem reclamei de você trepar com os pretos, não foi? Mas vamos parar de ficar deixando o outro cansado, não leva a nada a gente ficar falando essas coisas, vou começar a trabalhar amanhã mesmo, eu sou forte."

Kei não dá sinais de tirar o braço que envolvia o ombro de Kazuo. Kazuo mastiga e engole Nibrole na frente de Yoshiyama e fica observando a discussão dos dois, sorrindo torto.

Subia vapor do corpo de Okinawa, que estava só de cueca e sentou-se no chão da cozinha para injetar heroína.

Reiko contorcia o rosto e espetava a agulha nas costas da mão, ei, Reiko, quando é que você aprendeu a injetar aí? Ao ser indagada por Okinawa, olhou para mim aflita, claro que foi do Ryū, né, e piscou um dos olhos. Okinawa diz a ela:

"Você tava meio frouxa."

"Para de falar bobagens, eu nem gosto de sexo, você não acredita? Não faço com mais ninguém além de você."

Kei se levantou e colocou o primeiro álbum do The Byrds e aumentou o volume o quanto pôde.

Yoshiyama fala algo, mas ela finge que não ouve. Yoshiyama estendeu o braço até o amplificador e baixou o volume, vamos conversar um pouco, disse.

"Não tem nada pra conversar, eu quero ouvir The Byrds, vai, aumenta o volume."

"Kei, esse chupão no pescoço foi o Kazuo, não foi? Não foi ele?"

"Que bobagem, foram os pretos que fizeram na festa, ó, esse também, quer ver? Foram os pretos que deram o chupão."

Kei levanta a saia e mostra uma marca grande na coxa. Para com isso, Kei, Kazuo abaixa a saia dela.

"Eu já sabia desse da perna, mas não tinha esse do pescoço até ontem. Ryū, não é verdade que não tinha até ontem? Kazuo, você meteu, não foi? Se meteu não tem problema, Kazuo, fala."

"Meu beiço nem é tão grande, e se não tem problema, Yoshiyama, você não precisa ficar tão nervoso com isso, não acha?"

"Ei, Ryū, aumenta o volume, vai. Tava com vontade de ouvir isso desde que acordei, por isso que vim aqui, aumenta o volume."

Eu me deitei e fingi que não ouvi as palavras de Kei. Também estava com preguiça de me levantar e ir até o amplificador. Corto as unhas do pé. Reiko e Okinawa dormiam de bruços sobre um cobertor estendido na cozinha.

"O que eu tô falando não é do chupão, não, é o mesmo de sempre. Tô falando de coisas mais essenciais. A gente podia ser assim, um pouco mais gentil e cuidar um do outro, isso que eu quero dizer. A gente tá vivendo num mundo um pouco diferente das outras pessoas da sociedade, então deveria cuidar melhor um do outro, sabe?"

Kazuo massageava a perna, como assim, as outras pessoas da sociedade, Yoshiyama, não existe essa merda de mundo diferente, o que você quer dizer? Ele pergunta.

Yoshiyama disse em voz baixa, você não tem nada com isso, sem olhar para Kazuo.

Minhas unhas têm um cheiro muito parecido com o do abacaxi. Tinha algo encostando na minha cintura, ao afastar o travesseiro, encontrei o sutiã que Moko havia esquecido.

Tem um arame passando por dentro e um bordado de flores. Cheira a sabão em pó. Jogo-o no armário embutido. A camisola prateada que estava pendurada me fez lembrar do gosto do sêmen quente de Jackson e senti náuseas. Sinto como se um pouco daquilo estivesse impregnado em algum canto da boca e que às vezes o gosto voltava quando eu mexia a língua. Joguei as unhas que havia cortado na varanda. Vejo uma mulher andando com um pastor-alemão pelo pátio do hospital. A mulher cumprimentou uma pessoa que encontrou no caminho e começou a conversar. O cachorro puxa a corrente ao máximo, tentando avançar. Imagino que dentro da boca da mulher que eu estava vendo dali era preto como os das mulheres do período Edo, cheio de cáries. Ela esconde a boca ao rir. O cachorro late olhando para frente, querendo andar.

"Olha, a gente precisa um do outro. Eu não sei direito, eu só tenho a você, Kei, não tenho mais minha mãe, e a gente é cheio de inimigos. Não seria legal pra você se aquele agente de serviço social te visse por aí, e se me pegarem de novo, não vão mais me mandar pro reformatório, vai ser pior. A gente precisa se ajudar, sabe, que nem antes, a gente nadou junto naquele rio em Quioto, lembra? Na época que a gente se conheceu, queria voltar pra aquela época. Não sei por que a gente tem que ficar discutindo desse jeito, vamos ficar de bem e nos esforçar, o dinheiro não vai ser problema, eu tava fazendo as coisas direito, vou trabalhar de novo. E, ah, eu trago mesas, estantes e outras coisas daquele lugar lá em Roppongui que a Moko falou pra a gente, disse que tem até armário e forno. Daí você pode pintar esses móveis.

"A gente junta dinheiro, eu trabalho e aí a gente junta dinheiro, aí você pode criar um gato. Lembra que tinha um gato persa cinza na loja, ali na Tōkyū, você falou que queria, eu compro pra você. E a gente se muda de apartamento, muda de ares, pra um lugar que tem banheiro dentro do apartamento.

"Já sei, a gente pode vir pra Fussa, igual ao Ryū, a gente aluga uma casa e mora com a Moko, o Okinawa ou alguém assim, não seria uma boa? Por aqui tem as antigas casas pros militares americanos, com muitos quartos, tem erva pra fumar, dá pra fazer festa todos os dias. Tem um carro usado barato, sabe, parece que o amigo gringo do Ryū tá querendo vender, aí eu posso comprar e tirar carta. Dá pra tirar rapidinho, aí a gente pode ir pra praia, vai ser legal, Kei, vai ser legal.

"Quando a minha mãe morreu, não é que eu fui frio com você, por favor, Kei, olha, não é que a minha mãe era mais importante, e minha mãe nem tá mais viva, agora só tenho você, Kei. Vamos pra casa, começar de novo, juntos.

"Você entendeu, né, Kei, entendeu, né?"

Yoshiyama tentou tocar no rosto de Kei. Ela se desvencilha da mão dele com rispidez e ri, olhando para baixo.

"Como é que você consegue falar essas coisas a sério, hein, você não tem vergonha? Tá todo mundo ouvindo, o que tem a sua mãe? Não tem nada a ver, não sei de nada da sua mãe, não tem nada a ver, eu fico com ódio de mim quando estou com você, entende? Eu fico com ódio de mim, fico me sentindo um lixo, quando estou com você eu me sinto um lixo e não consigo aguentar."

Kazuo está segurando o riso. Enquanto Yoshiyama estava falando, ele estava segurando a boca, fazendo de tudo para segurar o riso. Quando a gente se entreolhou e ouviu Kei reclamando mais, começou a rir, sem se aguentar. Gato persa, você ouviu? Que história é essa? É uma piada.

"Olha, Yoshiyama, se você tem alguma coisa pra falar, fala depois de tirar meu colar da loja de penhores, tá bem? Depois de tirar o colar de ouro que meu pai me deu. Fala depois disso.

"Foi você que colocou lá, falando que ia comprar metaqualona, quando tava bêbado."

Kei começou a chorar. O rosto dela treme com intensidade. Kazuo só parou de rir quando viu essa cena.

"Hein, do que você tá falando, não foi você que disse que podia colocar no penhor, Kei? Você que disse primeiro, ai, tô com vontade de tomar metaqualona, foi você que disse pra pôr no penhor."

Kei enxuga as lágrimas.

"Chega, você é assim mesmo, já chega. Você nem sabe que eu chorei depois daquilo, nem sabe que eu chorei na volta, não é? Você estava cantarolando, não estava?"

"Como assim, Kei, não chore, eu já vou tirar de lá, vai dar pra tirar rapidinho. Vou trabalhar de estivador e aí consigo tirar num instante, não devem ter vendido ainda, não chora, Kei."

Depois de assoar o nariz e enxugar as lágrimas, Kei não respondeu a mais nada que Yoshiyama dizia. Falou para Kazuo para sair um pouco do apartamento. Ele estava dizendo que não, porque estava cansado, apontando para o pé, mas ela o fez levantar contra a vontade e ele cedeu com relutância ao ver os olhos de Kei, ainda lacrimejando.

Ryū, vou estar na cobertura, vem tocar flauta depois, tá?

Quando a porta se fechou, Yoshiyama berrou, Kei, mas não houve resposta do lado de fora.

Okinawa passou o café com a cara pálida, tremendo como uma vara, e trouxe três xícaras. Não consegue equilibrar bem e deixa derramar um pouco no tapete.

"Yoshiyama, toma um pouco de café, você tá forçando a barra, cara. Deixa pra lá, liga não. Toma, aqui seu café."

Yoshiyama recusa o café, faz o que quiser, então, murmura Okinawa. Yoshiyama olhava para a parede, curvado, e às vezes suspirava ou ameaçava dizer algo e desistia. É possível ver Reiko deitada no chão da cozinha. Seu peito sobe e desce devagar, as pernas, abertas, esparramadas como as de um cachorro morto. De vez em quando, o corpo dela tem contrações.

Yoshiyama olha de relance para nós e faz que vai sair. Olha para Reiko, que dorme, toma água da torneira e abre a porta.

Ei, Yoshiyama, não vai embora, fica aqui. Eu disse, mas só se ouviu o som da porta se fechando.

Okinawa sorri torto e estala a língua.

"Eles já eram, o Yoshiyama não entendeu que já acabou porque ele é burro.

"Ryū, quer usar heroína? Essa aqui é bem pura, ainda tem um pouco."

"Não, hoje estou cansado."

"Entendi, você tem praticado flauta?"

"Ah, não..."

"Mas você não vai querer viver de música?"

"Não decidi ainda, é que agora eu não quero fazer nada, não tenho motivação nem nada..."

Ouvimos o The Doors que Okinawa trouxe.

"Que foi, não tá achando graça nas coisas?"

"É, mas não é bem isso, não é que eu não esteja achando graça nas coisas."

"Outro dia eu encontrei o Kurokawa, ele tava falando que tinha perdido as esperanças de tudo, eu não entendi direito mas parece que ele tava desiludido. Disse que vai pra Argélia virar guerrilheiro. Não deve ser sério se ele tá falando isso pra gente que nem eu, mas suas ideias são diferentes de caras que nem ele também, não é, Ryū?"

"O Kurokawa? É, sou diferente dele, é que estou vazio agora, sabe, vazio.

"Antes eu tinha muita coisa, mas agora estou vazio, sem conseguir fazer nada, sabe? Como estou vazio, queria ver coisas diferentes. Tenho vontade de ver várias coisas por aí."

O café que Okinawa havia passado era forte demais e não consegui beber. Fervo a água de novo e ponho no café.

"Então você vai pra Índia ou algum lugar assim?"

"Hã? O que tem a Índia?"

"Você vai pra Índia ver várias coisas, não é?"

"Por que ir pra Índia? Não, cara, aqui já tá bom. Eu vejo as coisas por aqui mesmo, não preciso ir pra Índia."

"Então vai ser com LSD? Vai experimentar várias coisas? Não entendi o que você vai fazer."

"É, também não sei direito, eu mesmo não sei o que devo fazer. Mas pra Índia eu não vou, não, sei lá, não tem nenhum lugar que eu queira ir. Ultimamente fico vendo a paisagem da janela, sozinho. Fico vendo sempre, a chuva, os pássaros, as pessoas que estão andando pela rua. E posso ficar olhando por muito tempo que continua interessante, é isso que quero dizer quando falo em ver outras coisas, não sei por que, mas ultimamente toda a paisagem parece uma grande novidade pra mim."

"Não fala essas coisas de velho, Ryū, falar que a paisagem parece novidade é sinal de idade."

"Não, seu besta, não é disso que estou falando."

"Claro que é, você só não sabe por que você é bem mais novo que eu, toca flauta, cara, você devia tocar flauta, não fica aí andando com caras idiotas que nem o Yoshiyama e vê se concentra nisso, você tocou no meu aniversário uma vez, lembra?

"Foi lá no bar da Reiko, eu fiquei feliz aquela vez. Senti uma coisa no peito, uma coisa que não sei descrever, uma coisa muito boa. Não sei explicar direito, mas era como se eu tivesse feito as pazes com alguém com quem eu tinha brigado. Naquela hora, pensei, como você é um cara feliz, fiquei com inveja de você, de você conseguir fazer os outros se sentirem daquele jeito. Não sei direito, mas é que eu não sei fazer nada. Nunca me senti daquele jeito de novo, se bem que quem consegue fazer algo deve ter coisas que só ele mesmo entende. Eu sou só um viciado, tem hora que a heroína acaba, sabe, daí quase enlouqueço querendo mais, e tem hora que eu poderia até matar alguém pra conseguir droga, e foi num desses momentos, pensei numa coisa. Senti que tinha algo, sabe, senti que podia ter alguma coisa entre mim e a heroína. Na verdade, tava tremendo muito e tava louco pra usar heroína, mas sentia que se fosse só eu e a heroína faltava alguma coisa, sabe? Tudo bem que depois de injetar eu não penso em mais nada. Mas essa coisa que faltava, sei lá, não é a Reiko ou a minha mãe, eu achei que era a flauta daquele dia. E fiquei pensando em falar isso pra você um dia. Não sei como você tava se sentindo enquanto tocava, mas eu fiquei me sentindo muito bem, entende? E eu sempre penso que eu queria uma coisa que nem o que você tinha naquela hora. Penso isso toda vez que coloco heroína na seringa, eu já tô acabado, meu corpo tá podre. Olha, a pele da minha cabeça tá toda flácida, eu devo morrer logo. Mas posso morrer qualquer hora, não ligo, não me arrependo de nada, não.

"Ah, mas eu queria entender melhor o que foi aquela sensação de quando ouvi a flauta daquela vez. Isso eu sinto, queria saber o que foi aquilo. Será que vou querer parar com a heroína se eu souber? Acho que não. Mas não é por isso, cara, toca flauta, vou comprar uma flauta boa pra você quando conseguir dinheiro vendendo heroína."

Os olhos de Okinawa estão vermelhos. Ele fala segurando a xícara de café e um pingo da bebida suja a cueca.

"Ah, então por favor. Queria a da Muramatsu."

"Hã? Quê?"

"Muramatsu é uma marca de flautas. Eu queria uma da Muramatsu."

"Certo, Muramatsu. Vou comprar no seu aniversário, aí você toca pra mim de novo."

Ô, Ryū, vai lá parar o cara, eu não quero mais andar com esses dois, ai, tô com o pé doendo, ainda.

Kazuo abriu a porta e disse ofegante, o Yoshiyama tá batendo na Kei.

Okinawa não fala nada, deitado na cama.

De fato, ouvem-se gritos que devem ser os de Kei vindo da cobertura. Não são gritos de alguém chamando por outros, mas um grito pesado, incontido, de quando se leva um murro.

Kazuo bebericou do café frio de Yoshiyama que havia ficado ali e começou a trocar a faixa do pé, fumando um cigarro. Se não for logo, Yoshiyama pode acabar matando ela, aquele lá não é normal.

Kazuo sussurra, e Okinawa diz a ele, levantando o tronco:

"Deixa, deixa ele, deixa ele fazer o que quiser, já cansei, já. Aliás, Kazuo, o que você fez no pé?"

"Ah, foi com o taco, pá!"

"Quem?"

"Um segurança lá do Hibiya, foi tão chato que dá até preguiça de explicar, era melhor eu não ter ido."

"Não foi uma batida? Se for, é melhor colocar Salonpas em vez de enfaixar, ou quebrou algum osso?"

"É, mas ele tinha colocado prego no taco, entende? Aí tem que desinfetar, sabe, né? Pregos são os mais fáceis de infeccionar."

Do outro lado das roupas que ondulavam com o vento, Yoshiyama está chutando a barriga de Kei, ele a segura pelo cabelo. A cada vez que o joelho de Yoshiyama a atinge, Kei geme, com o rosto todo inchado.

Afasto Yoshiyama de Kei, já sem forças, com sangue saindo pela boca. O corpo dele estava impregnado de suor frio, e seu ombro, quando toquei, estava completamente enrijecido.

Kei gania, padecendo sobre a cama. Segurava o lençol, colocava a mão sobre as partes onde levou os chutes, com os dentes batendo uns nos outros. Reiko se levantou na cozinha, veio cambaleante e, com toda a força que tinha, estapeou a cara de Yoshiyama, que chorava.

Kazuo desinfeta a ferida com uma expressão incômoda, usando um remédio de odor forte. Okinawa dissolve Nibrole na água quente e dá para Kei.

Isso não é brincadeira, quem é que bate na barriga, cara? Yoshiyama, se a Kei morrer, você é um assassino. Okinawa falou assim para Yoshiyama, e, quando veio a resposta em voz chorosa, eu também vou morrer junto, Kazuo deu uma risadinha. Reiko põe uma toalha gelada na testa de Kei e limpa o sangue do rosto. A barriga está verde, com hemorragia interna. Kei insistia que não iria para o hospital. Yoshiyama se aproxima e fita o rosto de Kei, com as lágrimas pingando na barriga dela. Nas têmporas dela, veias grossas estão aparentes e ela não para de vomitar um líquido amarelado. O olho direito está todo vermelho, as pálpebras, a parte branca e a escura. Reiko abre a boca de Kei, que tem um corte, e tenta estancar o sangramento do dente quebrado.

Desculpa, desculpa, Kei, Yoshiyama fala baixo, com a voz falha. Kazuo havia terminado de trocar a faixa, como assim desculpa, depois de ter feito isso, aí já é demais, disse.

"Vai lavar o rosto."

Reiko empurra o ombro de Yoshiyama e aponta para a cozinha. Não aguento olhar pra essa sua cara, vai lavar o rosto.

Kei tirou a mão do abdômen, balançando a cabeça para Okinawa, que perguntou, quer uma dose de heroína? E disse, com a respiração entrecortada:

"Sinto muito, gente, vocês estavam curtindo numa boa. Mas já acabou, considerem que já acabou, eu aguentei."

Não esquenta, a gente nem tava curtindo tanto assim, Okinawa sorri.

Yoshiyama começou a chorar de novo.

"Kei, não fala que acabou, Kei, não me deixa, por favor, me perdoa, eu faço qualquer coisa."

Okinawa empurra Yoshiyama para a cozinha.

Tá, já entendemos, vai lavar o rosto.

Yoshiyama assentiu, foi para a cozinha limpando a cara com a manga e ouvimos o som da torneira.

Ao olhar para Yoshiyama, que voltava, Kazuo berrou. Okinawa balança a cabeça, esse já era. Reiko deu um grito e fechou os olhos quando viu. O pulso esquerdo de Yoshiyama está aberto, jorrando sangue no tapete. Kazuo se levanta e brada, Ryū, chama uma ambulância!

Yoshiyama apoiava a parte abaixo da ferida com a mão direita e falava com a voz marejada, Kei, agora você entendeu?

Kei segurou no meu braço quando tentei ir chamar uma ambulância. Ela se levantou com a ajuda de Reiko e olhou fixamente para os olhos de Yoshiyama, de pé, derramando sangue. Aproximou-se de Yoshiyama e tocou na ferida, de leve. Yoshiyama não está mais chorando. Kei levantou o pulso aberto dele até a altura de seus olhos e falou com dificuldade, retorcendo a boca inchada:

"Yoshiyama, a gente vai sair pra comer agora, ninguém almoçou ainda então vamos sair pra comer. Se você quiser morrer, morre sozinho, vai lá fora e morre sozinho pra não causar problemas pro Ryū."

A enfermeira levando um buquê de flores passa pelo corredor encerado. Ela estava com meia em um dos pés e no outro estava com uma faixa que tinha uma mancha amarela. A menina que estava na minha frente balançando as pernas com um ar entediado olhou para o grande buquê envolto no celofane brilhoso, cutucou o ombro da mulher que parecia ser sua mãe e sussurrou, aquilo deve ser caro.

Um homem de muleta que segurava algumas revistas na mão esquerda atravessa a fila das pessoas que esperavam pelo remédio. A perna direita está totalmente estendida já desde a coxa e o tornozelo estava torcido para dentro, com um pó branco saindo do peito do pé até os dedos. Deles, o dedo mínimo e o anelar pareciam somente verrugas protuberantes num pedaço de carne com formato de pé.

Ao meu lado, há um idoso com o pescoço coberto com diversas camadas de faixa. Sabe, eu vim aqui, ele falava com a mulher que tricotava à sua frente.

Sabe, eu vim aqui pra eles puxarem meu pescoço. Diz, com pelos brancos esparsos pendendo de seu queixo e com seus olhos, que não eram muito diferentes de rugas e mais se pareciam com feridas, fixos nas mãos da mulher que se moviam com regularidade.

Mas sabe, dói demais, viu, dói tanto que eu penso que era melhor ter morrido e me pergunto por que não morri. Não dá, não, viu, será que não tem outro jeito, uma coisa mais adequada pra gente de idade?

Sem parar de mexer as mãos, a mulher de pele escura e pescoço grosso olha para o idoso que ri como se o ar estivesse escapando, com a mão no pescoço.

Que complicado, hein.

Ouvindo isso, o idoso riu, passando a mão no rosto com manchas de tons avermelhados e amarronzados, e tossiu seco.

Ah, idosos não devem dirigir, mesmo, minha nora falou que não posso mais andar de carro, me proibiu.

A funcionária da limpeza com uma bandana branca na cabeça veio limpar o sangue de Yoshiyama que havia respingado no piso.

A mulher de postura curvada, de rosto redondo e que trazia um esfregão e um balde olhou para trás, para o final do corredor por onde veio, e disse em voz alta, ai, Kashi, ei, Kashi, deixa, não vou querer, não.

Todas as pessoas que estavam na sala de espera levantaram o rosto ao ouvi-la. A mulher começa a limpar, cantarolando uma música popular antiga.

Ah, suicídio? Mas se não morreu, foi só tentativa, né, mas não adianta fazer isso, não. Você corta os pulsos, mas o corpo humano é feito pra não morrer. Teria que pressionar a pele assim contra a parede ou qualquer coisa, puxar bem, pra fazer a veia aparecer, e aí sim cortar. Mas se você não tá só ameaçando e querendo morrer de verdade, é aqui, ó, embaixo da orelha, você corta com navalha. Aí já era, mesmo que traga pra mim depressa de ambulância, não teria jeito.

Foi o que o médico que viu o pulso de Yoshiyama falou. No consultório, Yoshiyama esfregava os olhos sem parar.

Achei que ele não queria que o médico de meia-idade soubesse que ele estava chorando.

O idoso com pescoço enfaixado fala para a funcionária da limpeza:

"Será que sai?"

"Hã? Ah, se limpar enquanto tá úmido, sai fácil, mas..."

"Que complicado, hein?"

"Hein? O quê?"

"Limpar sangue é uma tarefa complicada, não é?"

As crianças cadeirantes estão brincando no pátio jogando uma bola amarela umas para as outras. Todas as três crianças têm o pescoço muito fino. Quando não conseguem pegar a bola, uma enfermeira pega para elas. Ao olhar com mais atenção, percebo que uma delas tem o punho liso, sem nada dali adiante, ela participa da brincadeira rebatendo com o braço a bola que a enfermeira joga para ela com delicadeza. A bola que essa criança rebatia sempre acabava saindo da roda, mas ela sorria, mostrando os dentes.

"Ah, sangue é uma coisa chata, hein? Não, é que eu não fui pra guerra, e nunca vi coisas com muito sangue, aí fiquei surpreso, é chato, hein?"

"Eu também não fui pra guerra, não."

A funcionária da limpeza jogou um pó branco no sangue que ainda tinha ficado no piso, impregnado. Ajoelhada, esfrega com a escova que havia pegado.

A bola cai na poça d'água e a enfermeira a enxuga com a toalha que tinha em mãos. A criança sem mão, talvez por impaciência, agita o braço curto falando algo.

"Dizem que sai com ácido muriático ou coisa assim."

"Isso aí é só no vaso sanitário. Se fizer isso aqui, vai estragar todo o piso."

As árvores ao longe oscilam. A enfermeira joga a bola para frente da criança. Uma multidão de gestantes com o baixo ventre protuberante sai do ônibus, elas vêm para cá, umas atrás das outras. Um homem jovem levando um buquê de flores sobe as escadas correndo e a mulher do tricô olha em sua direção. A funcionária da limpeza cantarola a mesma música de antes, e o idoso lia o jornal estendido no alto por causa do pescoço que não podia inclinar.

O sangue de Yoshiyama ainda está no piso, agora em forma de espuma rosa, misturado com o pó branco.

"Ryū, desculpa mesmo, eu vou guardar dinheiro e ir pra Índia, vou trabalhar de estivador e guardar dinheiro, já cansei dessas dores de cabeça, vou pra Índia."

Enquanto voltávamos do hospital, Yoshiyama ficou falando sozinho. Tem sangue no chinelo de borracha e nos dedos do pé, e às vezes ele toca a faixa. O rosto ainda estava pálido, mas disse que não sentia dor. O abacaxi que havia jogado fora está ao lado da árvore de choupo. Já era o fim de tarde e não se via pássaros.

Kazuo não estava no apartamento e Reiko disse que ele foi embora logo depois do que aconteceu.

Ele disse que devia levar em conta a coragem do Yoshiyama, será que ele é idiota, ele não sabe de nada.

Okinawa usou a terceira dose de heroína e se jogou no chão, o rosto de Kei já estava bem menos inchado. Yoshiyama se senta em frente à TV.

É o filme biográfico de Van Gogh, vê você também, Ryū.

Peço café à Reiko, mas ela nem responde. Yoshiyama fala que tomou a decisão de ir à Índia, mas Kei apenas respondeu, legal.

Reiko se levanta, chacoalha pelos ombros Okinawa, que tinha um cigarro na boca e não se mexia, ei, onde você pôs o resto, pergunta, besta, não tem mais, era só aquilo, se você quer, sai pra comprar, ela chutou com tudo a perna de Okinawa que respondeu assim. As cinzas do cigarro caem no peito nu de Okinawa. Ele dá uma risada curta e não dá sinais de se mover. Reiko arremessou a seringa de Okinawa no concreto da varanda, quebrando-a.

Limpa isso depois, hein. Sem me responder, ela mastigou e engoliu cinco comprimidos de Nibrole. Okinawa sacode o corpo e não para de rir.

"Ryū, não quer tocar flauta um pouco?"

Disse ele, olhando para mim. Na TV, o Van Gogh encenado por Kirk Douglas está tremendo, tentando cortar a orelha fora.

Ah, o Yoshiyama quis imitá-lo, então, você só sabe imitar, fala Kei.

"Não tô com vontade de tocar flauta, Okinawa."

Van Gogh deu um berro estridente e todos, exceto Okinawa, olharam para a TV.

Yoshiyama fala vez ou outra com Kei, tocando na faixa manchada de sangue. Está mesmo tudo bem com a sua barriga? Eu já desencanei, e em relação a ir pra Índia dizia coisas como, Kei, você pode vir até a Singapura, aí eu vou te buscar e dá pra ir até o Havaí, mas Kei não respondeu uma palavra.

O peito de Okinawa sobe e desce devagar.

"Eu vou vender o corpo e comprar heroína, o Jackson me ensinou. Ryū, me leva pra casa do Jackson. Ele falou pode vir qualquer hora, não vou pedir pro Okinawa, me leva lá no Jackson."

Reiko grita de súbito. Okinawa ri de novo, contorcendo-se.

"Humpf, pode rir, que viciado, que nada, é um mendigo, isso sim, fica com esse traje esfarrapado, tá igualzinho a um mendigo. Não quero mais chupar seu pau fedido e molenga, seu broxa! Eu vou vender o bar, Ryū. Aí venho pra cá, compro um carro e compro heroína, e vou ser a mulher do Jackson. Pode ser do Saburō, também.

"Vou comprar um trailer, um ônibus que dá pra eu morar dentro e fazer festa todos os dias. Ryū, vê se acha um desses pra mim.

"Okinawa, você não sabe como o dos negros são longos. Fica longo mesmo usando heroína, chega até o fundo. Ah, mas e o seu, hein, seu mendigo, você sabe como você fede?"

Okinawa se levantou e acendeu o cigarro. Expeliu a fumaça sem força, com o olhar pousado não sei onde.

"Reiko, volta pra Okinawa, eu vou junto. É melhor, volta a estudar pra ser cabeleireira, eu falo com a sua mãe, aqui não te faz bem."

"Não fala bobagem, Okinawa, fica aí deitado, da próxima vez que não tiver mais, mesmo que você me peça chorando, não vou te emprestar dinheiro, volta você pra lá. Não é você que quer voltar? Mas mesmo que você queira voltar, não vou pagar sua passagem. Não tem mais heroína, pode ficar aí sofrendo e vir implorar pra mim, chorando. Pede chorando de novo, vai, pra te emprestar dinheiro, só mil ienes, vai, pede, não vou te dar nem um iene. Você que volte pra Okinawa."

Okinawa se deita de novo e resmunga, faz o que quiser, e fala para mim, Ryū, toca flauta.

"Já, falei, não tô com vontade de tocar flauta."

Yoshiyama vê TV, agora sem falar mais nada. Kei parece ainda sentir dor e mastiga Nibrole. Da TV veio um som de tiro e Van Gogh pendeu o pescoço, ah, agora foi, Yoshiyama murmurou.

Há uma mariposa parada no pilar.

Primeiro, pensei que fosse uma mancha, mas ao olhá-la fixamente, moveu-se de modo sutil. Há uma penugem fina nas asas cinzas.

Depois que todos foram embora, o apartamento parece mais escuro do que o usual. Não é a luz que ficou mais fraca, mas é como se eu tivesse me afastado da fonte de luz.

Há objetos diversos no chão. Cabelos emaranhados e embolados, devem ser de Moko. Os papéis do embrulho do bolo que Lilly comprou, migalhas de pão, unhas vermelhas, pretas e transparentes, pétalas de flor, papel higiênico sujo, roupas íntimas femininas, o sangue seco de Yoshiyama, meias, cigarros amassados, maconha, pedaços de papel-alumínio e pote de maionese.

Capa de disco, filme fotográfico, caixa de doces em forma de estrela, caixa de seringa, livro, o livro é de poesia de Mallarmé, que Kazuo esqueceu. Amassei contra a capa do livro de Mallarmé o abdômen da mariposa que tinha listras pretas e brancas. A mariposa emitiu um som distinto do som do líquido saindo de seu corpo.

"Ryū, você deve estar cansado, tá com um olhar estranho, não é melhor voltar e dormir?"

Senti uma fome estranha depois de matar a mariposa e mordi a sobra do frango assado ainda gelada que estava na geladeira. Estava completamente podre e a acidez que apunhalava minha língua se expandiu por dentro da minha cabeça. Quando tentei tirar a pelota viscosa que havia ficado entalada lá no fundo da minha garganta, um calafrio envolveu todo meu corpo. Era um calafrio intenso, como se tivessem me golpeado. A nuca ficava arrepiada não importando o quanto eu me esfregasse, a boca continuava com sabor azedo não importando quantos gargarejos fizesse e minha gengiva estava pegajosa. A pele de frango que ficou presa entre os dentes continuava a fazer minha língua dormente. O frango que havia cuspido estava molhado de saliva e boiava na pia, disforme. Um pedaço pequeno de batata cortada em cubo estava preso no ralo da pia e havia água suja acumulada, formando um redemoinho de óleo na superfície. Quando pincei com as unhas essa batata gosmenta que criava baba e a removi, a água finalmente começou a baixar e os pedaços de frango foram sendo sugados pelo buraco, desenhando um círculo.

"Não é melhor você voltar e dormir? Aquele pessoal estranho já foi embora?"

Lilly está arrumando a cama. É possível ver o volume das nádegas dela através da camisola semitransparente. O anel em um dos dedos da mão esquerda às vezes reluz com a luz vermelha do teto. Brilhos simétricos cintilam em cada um dos lados do corte.

O pedaço grande de frango assado ficou preso no ralo e não foi embora. Grudou nos quatro buracos pequenos, ao som de água sendo sugada. A pelota gosmenta triturada pelos meus dentes e derretida com a minha saliva ainda tinha os poros da pele evidentes e tinha alguns pelos que pareciam de plástico. Um cheiro incômodo de óleo havia ficado nas minhas mãos e não saía mesmo depois de lavá-las. E então, voltando da cozinha à sala, enquanto andava para pegar o cigarro sobre a TV, uma ansiedade indescritível me embalou. Eu me senti como se uma idosa com doença de pele tivesse me abraçado.

"Aquele pessoal estranho já foi embora? Ryū, vou fazer um café pra você."

A mesa branca e redonda feita por detentos finlandeses da qual Lilly sempre se gaba está refletindo a luz. A superfície tem um verde que pode ser visto sutilmente. Um verde característico cuja tonalidade vai ficando cada vez mais forte aos olhos uma vez que é notado, esse verde pode ser visto sobre a superfície do mar quando o sol está se pondo, discreto, ao lado do laranja oscilante.

"Toma um café, vai. É bom colocar um pouco de conhaque pra dormir bem. Eu também não tenho me sentido bem desde aquele dia e nem tenho ido ao bar. E ainda tem que consertar o carro, porque ficou todo ralado, né, o lugar que bateu não amassou, mas a pintura tá cara agora, fica complicado. Mas dá vontade de fazer de novo, né, Ryū?"

Lilly diz, levantando-se do sofá. A voz dela está abafada. Como se estivesse assistindo a um filme antigo, como se a Lilly, ao longe, estivesse falando comigo por um longo cilindro. Como se a Lilly que está aqui, agora, fosse só uma boneca sofisticada que mexe a boca e uma fita gravada há muito tempo estivesse sendo rodada.

O calafrio que havia me envolvido no meu apartamento não ia embora, independentemente do que fizesse. Após pegar um suéter e vesti-lo, fechar o vidro da varanda e puxar a cortina, eu suava, mas o calafrio continuava, era persistente.

No quarto fechado, o som do vento diminuiu e passei a escutar somente o zumbido no ouvido. Ao não enxergar mais o lado de fora, eu me sentia preso.

Não ligava para o que acontecia lá fora, mas o bêbado que atravessava a rua, a menina ruiva que corria, a lata que era jogada do carro que passava, o choupo que crescia escuro, a sombra do hospital e as estrelas da noite surgiram na minha visão, misteriosamente vívidos, como se eu estivesse olhando o tempo todo. Ao mesmo tempo, fiquei isolado do mundo exterior e tive a sensação de ter sido desligado dele. O quarto estava preenchido por um ar diferente e me senti sufocado. A fumaça do cigarro subia e um cheiro de manteiga queimada vinha de algum lugar.

Enquanto procurava de onde o cheiro estava se infiltrando, acabei pisando num inseto morto, seus fluidos corporais e escamas sujaram meus dedos. Ouço latidos de cachorro e ligo o rádio: a canção "Domino", cantada por Van Morrison.

Ao ligar a TV, um homem careca furioso apareceu de repente berrando "mas isso é óbvio!", e, ao desligá-la, meu rosto distorcido apareceu como se tivesse sido sugado pela tela sem cor. O eu da tela escura mexeu a boca mecanicamente e murmurou algo para si.

"Achei um livro que aparece um cara igualzinho a você, Ryū. Parecido mesmo."

Lilly está sentada na cadeira da cozinha esperando a água dentro do vidro redondo ferver. Espanto o pequeno inseto que voava à minha volta. Eu me afundo no sofá em que o corpo de Lilly estava imerso até há pouco, e fico lambendo meus lábios sem parar.

"Aí esse cara tem algumas prostitutas em Las Vegas, faz festas pros ricos e oferece mulheres, não é igual você? Mas é jovem, acho que a mesma idade que a sua. Você tem dezenove, não é?"

A superfície do vidro ficou embaçada e o vapor começou a subir. O fogo da lamparina tremula, refletido na janela. A sombra grande de Lilly projetada na parede se move. A sobreposição entre a sombra pequena e escura formada pela lâmpada do teto com a sombra fraca e gigante projetada pela lamparina faz movimentos complexos como os de um ser vivo. É muito parecido com amebas quando estão em fissão.

"Ryū, você tá me ouvindo?"

Estou, respondo. Minha voz para sobre minha língua seca e quente e sai como se fosse a de alguém totalmente estranho. Sinto a insegurança de ela não ser a minha voz e fico com medo de falar. Lilly segura o chapéu com enfeite de penas, vez ou outra deixando o peito sob a camisola à mostra para coçá-lo, e fala.

"O cara fez a melhor amiga da época do ensino médio virar prostituta."

Okinawa, o último a sair, vestiu um uniforme que cheirava mal e fechou a porta sem se despedir.

"Esse cara é filho de uma prostituta, também, e o pai é o príncipe herdeiro de algum país pequeno, ele é o filho bastardo de um príncipe herdeiro que foi passear escondido a Las Vegas."

Do que será que Lilly está falando?

Minha visão não está normal. As coisas que vejo ficam levemente turvas. A garrafa de leite que está na bancada ao lado de Lilly parece estar cheia de exantemas na superfície. Lilly, que está curvada, também está com esses exantemas. Diferentemente de erupções na superfície da pele, esses exantemas pareciam ter surgido ao raspar a pele.

Eu me lembro do amigo que morreu por problemas no fígado. Duma coisa que ele sempre falava. Ah, acho que na verdade sempre está doendo e, quando não está, é só porque esquecemos, só esquecemos que dói, não é porque tenho caroço na minha barriga, não, todo mundo tá sempre sentindo dor. Por isso, quando a dor fica aguda, até me sinto tranquilo, sinto como se tivesse voltado a ser eu mesmo, é sofrido, mas eu sinto paz. Porque minha barriga doía desde que nasci.

"Esse homem vai para o deserto ao amanhecer, ele vai para o deserto de Nevada com o carro a mil."

Lilly pega com uma colher o pó preto contido na lata marrom e coloca no vidro que ferve, borbulhando. O cheiro chega até aqui. Quando Jackson e Rudiana estavam sentados sobre mim, eu realmente pensei que eu era uma boneca amarela. Como será que virei uma boneca naquela hora?

Lilly, agora curvada com os cabelos ruivos pendendo nas costas, parece uma boneca. Uma boneca antiga que cheira a mofo, boneca que fala as mesmas frases ao puxar a corda, boneca que foi feita para que os olhos brilhem quando fala e que, ao forçar a tampa do peito para abrir, deixa à mostra algumas pilhas prateadas. Uma boneca que teve cada um dos fios de cabelo ruivos e secos implantados na cabeça, que, ao dar-lhe leite pela boca, deixa escorrer um líquido viscoso do buraco no baixo ventre e que, mesmo que seja arremessado contra o chão, continua a falar a menos que o gravador interno pare de funcionar. Ryū, bom dia, eu sou a Lilly, Ryū, como vai você? Eu sou a Lilly, bom dia, Ryū, como vai? Eu sou a Lilly, bom dia.

"Aí, esse homem vê uma base de bomba de hidrogênio no deserto de Nevada. Lá tem bombas do tamanho de prédios, ele vê a base ao amanhecer."

No meu quarto, o calafrio que havia impregnado em mim naquela hora foi piorando cada vez mais. Vesti mais roupas, me enrolei nos cobertores, tomei uísque, abri e fechei a porta algumas vezes e tentei dormir. Tomei um café forte, me exercitei e fumei vários cigarros. Li um livro, apaguei todas as luzes e acendi de novo. Abri os olhos, fitei a mancha do teto por um longo tempo e contei ovelhas. Eu me lembrei da história de um filme que vi há muitos anos, do dente quebrado de Male, do pênis de Jackson, dos olhos de Okinawa, da bunda de Moko e dos pelos púbicos curtos de Rudiana.

Lá fora da varanda fechada, passaram alguns bêbados cantando uma música antiga em voz alta. Para mim, pareceu um coral de detentos presos por correntes ou de soldados japoneses gravemente feridos que já não podiam mais lutar, bradando uma canção militar antes de se jogar do precipício. Soou como uma canção triste, cantada por soldados japoneses prestando continência, virados para o leste e sem nenhum brilho nos olhos, face ao mar escuro, com o rosto coberto por faixas e buracos aqui e acolá espalhados pelos corpos magros, dos quais saíam pus e por onde rastejavam vermes.

Contemplando meu rosto distorcido refletido na TV sem nitidez, ao som dessa canção, me senti como se estivesse afundando para dentro de um sonho de onde não poderia mais emergir, não importando o quanto tentasse. O eu refletido na TV e os soldados japoneses, cantando no fundo dos meus olhos, pareciam se sobrepor. Os pontos pretos que formavam a imagem sobreposta e que criavam essas figuras através da variação de sua concentração eram como inúmeras lagartas que se remexiam e infestavam um pessegueiro, e que rastejavam por dentro da minha cabeça. Os pontos pretos com cantos irregulares aos poucos constituíram ruidosamente uma forma instável e eu notei que minha pele estava totalmente arrepiada. Os olhos turvos refletidos na tela escura se distorceram e se desfizeram como se derretessem, e eu balbuciei para aquele eu, quem diabos é você?

Eu disse, com o que você está assustado?

"Eram mísseis, aqueles ICBM, sabe, estavam ali, no deserto imenso e vazio de Nevada. No deserto que faz humanos parecerem insetos. E lá tinha esses mísseis, os mísseis que parecem prédios."

O conteúdo do vidro esférico está fervendo. O líquido preto se agita e Lilly mata com a mão um inseto que estava voando. Ela arranca o inseto morto que havia virado uma linha na palma de sua mão e o joga no cinzeiro. Do cinzeiro sobe uma fumaça lilás. Sobe, misturada com o vapor emanado pelo líquido preto. Os dedos finos de Lilly pinçam um cigarro e cobrem com uma tampa o fogo da lamparina, apagando-o. A sombra gigante na parede se expande para o quarto inteiro por um instante, e então se encolhe. A sombra some, tal qual um balão cheio que vaga pelo ar e então encosta numa agulha. Ela é absorvida pela sombra menor e mais escura projetada pela lâmpada do teto.

Lilly me entrega o café servido na xícara. Ao olhar para o líquido, me vejo refletido, oscilando em sua superfície.

"E esse cara grita para os mísseis lá de cima da duna, tinham acontecido várias coisas e ele não estava entendendo mais nada. Ele não sabia o que havia feito até então, nem sobre ele naquele momento ou o que fazer dali em diante, nem podia perguntar a ninguém, ele estava cansado e se sentindo muito solitário. Então ele grita mentalmente aos mísseis, explodam, vamos, explodam."

Percebo que há exantemas também na superfície do líquido preto. Quando estava no ensino primário, minha avó se internou, com câncer.

Ela teve alergia ao analgésico que o médico receitou, ficou com o corpo todo machucado, cheio de eczemas, a ponto de deformar seu rosto. Quando fui visitá-la, o que ela me disse enquanto coçava esses eczemas foi, Ryū, menino, a vovó já vai morrer, estou com erupções do além, a vovó já vai morrer. Substâncias muito similares aos eczemas que surgiram na minha avó estão flutuando na superfície do líquido preto.

Lilly me oferece aquilo e eu o bebo. Quando o líquido quente escorreu garganta abaixo, senti que o calafrio que até então estava ali e os eczemas impregnados nos elementos externos se misturaram.

"Você não acha que se parece com você, Ryū? Eu achei. Achei que parecia com você desde o começo, sabe?"

Lilly fala, sentada no sofá. As pernas dela desenham uma curva enigmática e são absorvidas pelos chinelos vermelhos. Certa vez usei LSD no parque e fiquei me sentindo como estou me sentindo agora. Uma cidade estrangeira se entrevia entre as árvores que se estendiam em direção ao céu noturno e eu andava por ela. Não havia outras pessoas andando nessa cidade ilusória, todas as casas tinham as portas fechadas e eu andava sozinho. Chegando aos limites da cidade, encontrei um homem magro que me parou, dizendo que eu não deveria seguir adiante. Ao prosseguir, sem seguir seu conselho, meu corpo começou a esfriar e acreditei ser uma pessoa morta. Esse eu, que havia se tornado num defunto, sentou-se num banco com o rosto pálido e começou a ir em direção ao eu que olhava essa alucinação refletida na tela da noite. Ele começou a se aproximar, como se quisesse dar um aperto de mão ao eu verdadeiro. Naquela hora, senti medo e fugi para trás. Mesmo assim, o eu morto me perseguiu e, por fim, me capturou, invadiu-me e me dominou. Agora, eu estou me sentindo exatamente como naquela hora. Como se houvesse um buraco na cabeça e minha consciência e memória estivessem sendo esvaziadas por ela, e que, no lugar disso, o calafrio e eczemas do frango assado podre estivessem me preenchendo. Mas, naquele momento, falei para mim mesmo, agarrado ao banco úmido, tremendo.

Ei, olha direito, o mundo ainda está sob meus pés. Eu estou sobre esse chão e sobre esse mesmo chão estão as árvores, a grama, as formigas que carregam açúcar, a menina que vai atrás da bola e cachorros que estão correndo.

Esse chão é o mesmo que liga inúmeras casas, montanhas, rios, mares, ele é comum a quaisquer lugares. E eu estou sobre ele.

Não fica com medo, o mundo ainda está sob meus pés.

"Pensei em você quando li esse livro. E fiquei pensando no que você vai fazer também de agora em diante, esse homem do livro não sei como fica, porque não li tudo ainda."

Quando eu era pequeno e caía enquanto corria ou algo assim, ficava com machucados que ardiam, e eu gostava que passassem por todo esse machucado um remédio que tinha um cheiro forte. No esfolado de onde saía sangue sempre ficavam grudados a terra, a lama, a seiva da grama, os insetos amassados e coisas do tipo, e eu gostava do ardor que se espalhava com a espuma. Quando eu parava de brincar e ficava olhando para o sol que se punha, enquanto soprava o machucado e torcia a cara, tinha uma sensação de tranquilidade, como se a paisagem acinzentada do fim de tarde e eu estivéssemos nos confessando um ao outro. Ao contrário de quando eu e as mulheres nos tornávamos uma coisa só por meio da heroína e fluidos corporais, sentia que a dor me destacava do entorno e a dor me fazia brilhar. E pensava que esse eu que brilhava poderia ser amigo do belo brilho laranja que se punha. Naquela hora, quando me lembrei disso no meu quarto, tentei me livrar do calafrio insuportável de alguma forma e coloquei as asas da mariposa morta caída no tapete para dentro da boca. A superfície da mariposa estava enrijecida, e o líquido verde que saía de seu abdômen já estava meio seco. As escamas douradas brilharam acompanhando a marca das minhas digitais, e os olhos, pequenas esferas pretas, formaram um fio de baba quando se separaram do corpo. Ao rasgar a asa e pôr sobre a língua, a penugem fina espetou minha gengiva.

"O café está bom? Fala alguma coisa, Ryū, Ryū, que foi? No que você está pensando?"

O corpo de Lilly parece ser feito de metal. Talvez surja uma liga metálica brilhosa se arrancasse sua casca branca.

É, tá, tá bom, sim, Lilly, tá bom, respondo. Minha mão esquerda tem contrações. Respiro fundo. Na parede, há um pôster de uma menina. O pôster de uma menina que cortou o pé num caco de vidro enquanto pulava corda num terreno baldio. Um cheiro estranho paira no ar. Deixei cair a xícara de líquido preto quente que estava na minha mão.

O que você está fazendo, Ryū? Que foi?

Lilly se aproxima, segurando um pano branco. A xícara branca se quebra no chão e o tapete suga o líquido, liberando vapor. O líquido amorna entre os dedos do meu pé e deixa-os melado. Que foi? Você está tremendo? O que foi que aconteceu? Eu toco o corpo de Lilly. Ele é áspero e duro, se parece com um pão amanhecido. A mão de Lilly está sobre meu joelho. Vai lá lavar o pé, ainda deve sair água do chuveiro, vai lá lavar, logo. O rosto de Lilly está distorcido. Lilly está agachada, coletando os cacos da xícara quebrada. Ela os coloca sobre uma revista cuja capa tinha uma jovem estrangeira sorrindo. Há cacos com restos do líquido e ela os despeja no cinzeiro. O cigarro que ainda estava aceso se apaga, emitindo um som. Lilly nota que eu estou parado, de pé. A testa na qual ela passou creme brilha. Achei mesmo que tinha algo de errado. Você usou alguma coisa, né, seja como for, vai lá lavar o pé, vai, não quero que você suje meu tapete com esse pé. Apoiando-me no sofá, dou um passo. Minhas têmporas estão quentes e sinto uma vertigem que faz parecer que o quarto gira. Vai lá lavar logo, o que você está olhando? Vai lá lavar logo.

Os azulejos do banheiro são gelados e a mangueira, jogada, lembra a sala de execução com cadeira elétrica que havia visto em fotos uma vez. Há uma roupa íntima com uma sujeira vermelha sobre a máquina de lavar, uma aranha na parede de azulejos amarelos se move para lá e para cá, tecendo a sua teia, e a água escorre pelo dorso do meu pé sem fazer barulho. Um pedaço de papel está enroscado no buraco coberto com uma tela de metal que suga água. No caminho do meu apartamento para cá, passei pelo pátio do hospital, já sem iluminação. Foi quando joguei os restos mortais da mariposa que eu segurava em direção aos arbustos. Pensei que o sol da manhã secaria o fluido verde e que insetos famintos se alimentariam deles.

O que você está fazendo? Ai, Ryū, vai embora, não dá pra te aguentar, Lilly está me olhando. Escorada no pilar, ela joga o pano branco em sua mão para dentro do box do banheiro. O pano está sujo depois de absorver um pouco do líquido preto, eu olho para Lilly e sua camisola branca cintilante como se fosse um recém--nascido que abria os olhos pela primeira vez. O que será aquela coisa felpuda? O que são aquelas esferas que giram, reluzentes, logo abaixo? O que são aquelas duas saliências com buracos, debaixo dela? O que é aquele buraco escuro contornado por dois pedaços de carne de aparência macia? O que é o pequeno osso branco dentro dele? O que é aquela carne vermelha, fina e viscosa?

Há um sofá de estampa vermelha florida, parede cinza, escova de cabelo com fios ruivos emaranhados, tapete cor-de-rosa, teto de cor creme com flores secas penduradas e manchas em alguns pontos, fio elétrico revestido com tecido que desce em linha reta, esfera de luz que cintila, oscilando sob esse fio retorcido e, dentro dessa esfera, uma torre que lembra cristais. A torre se move em uma velocidade fenomenal, cerro meus olhos que doem como se queimassem, isso faz com que eu veja rostos de dezenas de pessoas e me sufoca. Que foi, hein? Tá apavorado, ficou louco? A imagem da lâmpada vermelha persiste e está sobreposto ao rosto de Lilly. A imagem se expande e se distorce como um vidro que está derretendo, se fragmenta e vira pequenas manchas que vão se espalhando de uma extremidade à outra do campo de visão. Lilly se aproxima com o seu rosto com manchas vermelhas e toca minha bochecha.

Hein, por que você está tremendo? Fala alguma coisa.

Lembro do rosto de um homem, ele também tinha manchas no rosto. O rosto do médico militar americano que antigamente alugava a casa da minha tia no interior. Ryū, sério, que foi que você tá arrepiado? Fala alguma coisa, está me assustando.

Sempre que eu o visitava no lugar da minha tia para receber o aluguel, o médico militar me mostrava as partes íntimas da mulher japonesa peluda e magra como um macaco. Está tudo bem, Lilly, está tudo bem, não é nada, é que estou meio agitado, sempre fico assim depois que acabam as festas.

No quarto do médico militar, no quarto que era decorado com uma lança de Papua-Nova Guiné em cuja ponta havia veneno, a mulher japonesa de maquiagem pesada mostrava as partes íntimas agitando as pernas.

Você tá brisando, né?

Sou sugado para dentro dos olhos de Lilly, sinto que serei engolido pela Lilly. O médico militar abriu a boca da mulher, derreti os dentes dela, disse em japonês, e riu. Lilly pega o conhaque, você não está normal, quer que leve pro hospital? A mulher gritava algo com a boca que parecia um buraco vazio. Olha, Lilly, as coisas estão meio embaralhadas agora, se tiver Philopon, injeta um pouco em mim? Quero ficar mais calmo.

Lilly tenta me forçar a tomar conhaque. Mordi o copo com força, posso ver a luz no teto através do vidro molhado, as manchas são sobrepostas por mais manchas, a vertigem piora e sinto ânsia de vômito. Não tenho mais nada, depois daquele dia, depois da mescalina usei tudo, fiquei com muita ansiedade e por isso usei tudo.

O médico militar enfiava várias coisas entre as nádegas da mulher magra e mostrava para mim. A mulher esfregava batom no lençol, gemia, encarava-me e berrou, *givi-me ci-gar*, ao médico militar que se acabava de rir, com copo de uísque na mão. Lilly me faz sentar no sofá. Lilly, eu não usei nada, sério, não é igual daquela vez, nada a ver com aquela vez do avião a jato.

Daquela vez entrou um monte de óleo combustível no corpo, deu medo também, mas agora é diferente, estou vazio, não tenho nada. Minha cabeça arde de tão quente e sinto calafrio, esse calafrio não passa de jeito nenhum. Não consigo me mexer do jeito que quero e me sinto estranho até pra falar, como agora, parece que estou falando dentro de um sonho.

Parece que estou falando dentro de um sonho tremendamente assustador, é terrível. Estou aqui falando agora, mas estou pensando em outra coisa totalmente diferente, numa mulher japonesa meio demente, não é você, Lilly, é uma outra mulher. Estou pensando nela e num médico militar americano, o tempo todo. Mas sei muito bem que isso aqui não é um sonho. Sei que estou acordado e que estou aqui, e é por isso que dá medo. Dá tanto medo que quero morrer, tanto que queria até que você me matasse. Quero que você me mate, mesmo, tenho medo só de ficar aqui em pé.

Lilly enfia o copo de conhaque entre meus dentes de novo. O líquido quente faz minha língua vibrar e escorre em direção à garganta. O zumbido dos ouvidos está preso na minha cabeça e não sai. As veias estão aparentes nas costas da minha mão num tom acinzentado, são acinzentadas e tremem. O suor escorre pelo pescoço, Lilly enxuga o meu suor frio. Você só está cansado, é só dormir por uma noite que passa.

Lilly, será que eu volto? Quero voltar. Quero voltar, mas não sei pra onde, acho que eu me perdi. Quero voltar pra um lugar mais fresco, antigamente eu ficava lá, quero voltar pra lá. Você sabe, né, Lilly? Era um lugar debaixo de uma árvore com um cheiro bom, sabe? Onde estou agora? Onde estou?

O fundo da minha garganta está seco como o deserto. Lilly abanou a cabeça e tomou o conhaque restante, acho que já era, murmura. Eu me lembrei do Green Eyes. Você viu o pássaro preto? Você vai ver o pássaro preto, disse o Green Eyes. Pode ser que fora desse quarto, do outro lado daquela janela, esteja voando um enorme pássaro preto. Um pássaro preto que é quase como a noite escura em si, um pássaro preto que está voando pelo céu assim como aqueles pássaros cinzas que sempre vejo bicando migalhas de pão, só que, por ser tão gigante, apenas o buraco em seu bico parecido com uma caverna poderia ser visto através da janela, não sendo possível vê-lo por inteiro. A mariposa que foi morta por mim certamente morreu sem que visse minha imagem por inteiro.

Ela morreu sem saber que a coisa enorme que esmagou seu abdômen macio contendo fluido verde era uma parte de mim. Exatamente da mesma forma que aquela mariposa, eu estou prestes a ser esmagado pelo pássaro preto. O Green Eyes deve ter vindo me avisar disso, ele quis me avisar.

Lilly, você está vendo o pássaro? Não tem um pássaro voando lá fora? Você notou, Lilly? Eu sei que é ele, a mariposa não me notou, mas eu notei. É um pássaro, um pássaro preto gigante, você sabe, né, Lilly?

Ryū, você está ficando louco, para com isso, você não está se dando conta? Você está ficando louco.

Lilly, não disfarça, eu já percebi. Você não me engana mais, agora eu sei onde é este lugar. É o lugar mais próximo do pássaro, daqui deve dar pra ver o pássaro, com certeza.

Eu sabia, sabia desde muito tempo atrás, agora eu finalmente entendi, era um pássaro. Vivi até hoje para perceber isso.

Lilly, é um pássaro, você consegue enxergar?

Para! Para, Ryū, para!

Lilly, você sabe onde a gente está? Como será que eu vim parar aqui? O pássaro está voando, como deveria, ali, do outro lado da janela, é o pássaro que destruiu minha cidade.

Lilly dá um tapa no meu rosto, chorando.

Ryū, você está ficando louco, você não percebe?

Será que Lilly não enxerga o pássaro? Ela abre a janela. Ela a abre com força, chorando, a cidade noturna está estendida ali.

Onde é que tem pássaros voando, olha direito, não tem pássaro em lugar nenhum.

Estilhaço o copo de conhaque no chão. Lilly gritou, os cacos de vidro se espalham e eles reluzem no chão.

Lilly, aquilo é o pássaro, olha bem, a cidade é o pássaro, aquilo não é cidade, não, naquela cidade não mora gente, é um pássaro, você não percebe? Você não percebe, mesmo? O homem que gritou para que os mísseis no deserto explodissem quis matar o pássaro. Tem que matar o pássaro, se não matar o pássaro, eu não consigo entender a mim mesmo, o pássaro está me atrapalhando, está escondendo o que eu quero ver. Vou matar o pássaro, Lilly, se eu não matar o pássaro, ele vai me matar. Lilly, cadê você, mata o pássaro comigo, Lilly, eu não enxergo nada, Lilly, eu não enxergo nada.

Rolo pelo chão. Lilly foi para fora correndo, ouço o som do carro.

A lâmpada gira sem parar. O pássaro está voando ali fora da janela. Lilly não está em lugar algum, o pássaro preto gigante está vindo para cá. Peguei um caco de vidro que estava sobre o tapete. Segurei-o com firmeza e o espetei no braço que tremia.

O céu está nublado e, como um pano branco macio, envolve eu e o hospital na noite. A cada vez que o vento esfria minhas bochechas ainda quentes, ouço o som das folhas das árvores farfalharem. O vento é úmido e traz o cheiro das plantas à noite, o cheiro das plantas à noite, respirando em silêncio.

No hospital, há luz vermelha de emergência somente na entrada e no lobby e o resto está escuro, para que os pacientes possam dormir. Nas numerosas janelas delimitadas por finas esquadrias de alumínio fino está refletido o céu que espera pelo amanhecer.

Há uma linha lilás que faz uma curva, deve ser a borda das nuvens, penso.

Os faróis dos carros que passam de vez em quando iluminam os arbustos que remetem a chapéus de crianças. A mariposa que joguei não havia chegado até lá. Estava no chão, junto a pedriscos e pedaços de relva seca caídos. Ao pegá-la, noto que a penugem que cobre todo seu corpo está carregada com o orvalho da manhã. Como se o inseto morto tivesse expelido um suor gelado.

Naquela hora, quando fui sair do apartamento de Lilly, senti como se só o meu braço esquerdo, que jorrava sangue, estivesse vivo. Pus o fino caco de vidro ensanguentado no bolso e corri pelas ruas encobertas pela névoa. As casas estavam de portas fechadas e não havia nada que se mexia, e me vi como o personagem principal de uma história infantil que havia sido engolido por uma criatura gigante e rondeava pelo seu intestino.

Caí muitas vezes, e o caco de vidro no bolso se quebrava mais a cada vez.

Quando estava atravessando o terreno baldio, caí na relva. Nessa hora, mordi o capim úmido. O amargor pungente envolveu minha língua e senti um inseto pequeno que estava sobre o capim dentro de minha boca.

O inseto se debatia, mexendo suas pequenas patas serrilhadas.

Pus o dedo na boca e o inseto redondo com um desenho nas costas rastejou para fora, molhado na minha saliva. Ele voltou para cima da relva deslizando as patas úmidas. Enquanto passava a língua na gengiva arranhada pelo inseto, o orvalho sobre a relva foi esfriando meu corpo. O cheiro de capim envolveu todo o meu corpo e senti o calor que me assolava sendo absorvido pelo chão, bem devagar.

Sobre aquela relva pensei, eu estava tocando algo incompreensível por todo esse tempo. E, mesmo agora, mesmo agora que estou nesse agradável jardim do hospital à noite, isso não deve ser diferente. O pássaro preto gigante continua voando e estou preso dentro de sua barriga, junto com o capim amargo e o inseto redondo. A menos que meu corpo fique duro e seco como essa mariposa, que agora ficou igual a uma pedra, não é possível fugir do pássaro.

Tirei o caco de vidro que havia ficado do tamanho da unha do meu polegar e limpei o sangue. O pequeno fragmento tem uma leve concavidade e reflete o céu que começava a clarear. Debaixo do céu há o hospital que se estende para os lados, um bulevar ao longe e a cidade.

A cidade refletida como uma sombra e o contorno linear de suas cumeeiras formam proeminências sutis. As proeminências eram iguais às ondulações brancas que se fixaram na minha visão ao relampejar do raio, quando quase matei Lilly no aeroporto sob a chuva. Proeminências delicadas como o horizonte do mar enevoado com as ondas, como o braço branco de uma mulher.

Eu sempre estive envolto por essas proeminências esbranquiçadas, o tempo todo.

O fragmento de vidro com resto de sangue nas bordas é quase transparente, tingido pelo ar do amanhecer.

É um azul quase transparente. Eu me levantei e, caminhando em direção ao meu apartamento, pensei, quero me tornar como esse vidro. Eu mesmo quero refletir essas delicadas curvaturas esbranquiçadas. Tive vontade de mostrar a outras pessoas as curvaturas sutis refletidas em mim.

A borda do céu ficou clara e encoberta e o caco de vidro logo perdeu a transparência. Quando soam os cantos dos pássaros, o vidro já não reflete mais nada.

O abacaxi que havia sido jogado ontem está ao pé do choupo na frente do prédio. Aquele cheiro ainda emana do corte úmido.

Eu me agachei e esperei os pássaros.

Se os pássaros vierem e a luz quente chegar até aqui, minha sombra deve se estender e cobrir os pássaros cinzas e o abacaxi.

Carta à Lilly – Posfácio

Quando recebi a proposta de publicar esse romance na forma de um livro, pedi para que me deixassem fazer o design da capa. É que durante todo o tempo em que escrevia fiquei pensando em estampar seu rosto na capa do livro, caso ele viesse a ser publicado.

Você lembra dessa foto? É a que foi tirada quando nos encontramos pela primeira vez no Niágara. A gente disputou quem conseguia beber mais absinto, lembra? Fui eu que tirei com a Leica emprestada de um hippie holandês que estava do meu lado, quando estávamos no terceiro copo. Você perdeu a consciência depois dessa foto, no nono copo, Lilly, então talvez não se lembre.

Lilly, onde você está agora? Eu fui à sua casa há uns quatro anos, mas você não estava lá. Se você comprar este livro, entre em contato comigo.

Recebi carta da Augusta, que foi à Louisiana, uma única vez. Ela disse que agora é motorista de táxi. E me pediu para mandar lembranças para você. Pode ser que você tenha se casado com aquele pintor mestiço. Você pode estar casada, mas queria te encontrar pelo menos mais uma vez, se puder. Queria cantar "Que Sera, Sera" com você de novo.

Não pense que acabei mudando só porque escrevi um romance. Eu não mudei desde aquela época.

Ryū

Os diálogos nesta obra apresentam expressões que podem ser consideradas preconceituosas, mas nunca foi a intenção do autor praticar ou incitar discriminação e preconceito. Por reconhecer a natureza literária da obra, tais trechos não foram suprimidos ou modificados, sendo mantidos conforme a primeira edição. Contamos com a compreensão dos leitores.

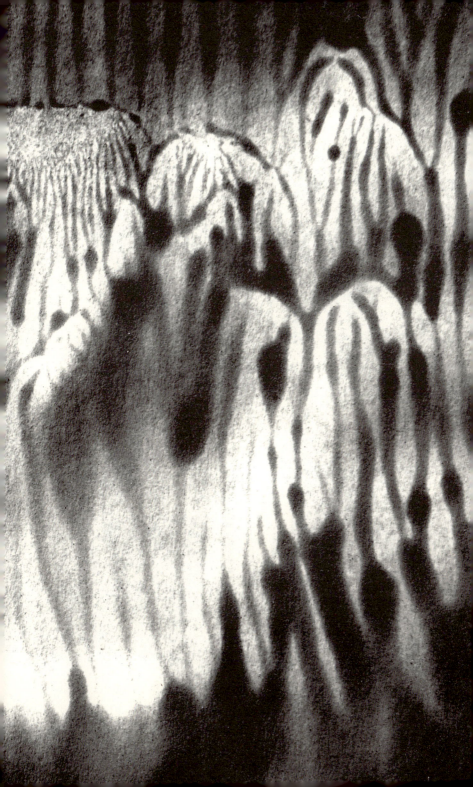

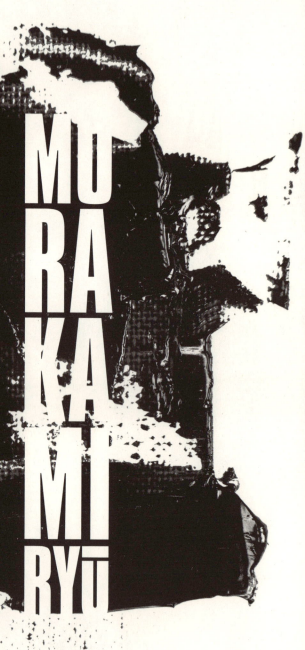

RYŪ MURAKAMI nasceu em 1952 em Sasebo, Nagasaki. É romancista, contista, ensaísta e cineasta japonês. *Azul Quase Transparente* foi seu trabalho de estreia no gênero romance, publicado em 1976, e rendeu-lhe o Prêmio Gunzō e o Prêmio Akutagawa, ambos para escritores iniciantes. Murakami também recebeu o Prêmio Literário Noma por *Coin Locker Babies* em 1981, o Prêmio Taiko Hirabayashi por *Murakami Ryū Eiga Shōsetsu-Shū* (*Coleção de Romances de Cinema Ryū Murakami*, em tradução livre) em 1996, o Prêmio Yomiuri de Literatura por *Misso Soup* em 1998, o Prêmio Junichiro Tanizaki por *Kyōseichū* (*Parasitas*) em 2000, o Prêmio Noma e o Prêmio Mainichi de Cultura por *Hantō o Deyo* (*Abandone a Península*, em tradução livre) em 2005 e o Prêmio de Arte Mainichi por *Utau Kujira* (*Baleia Cantante*, em tradução livre) em 2011. Sua obra aborda a natureza humana a partir de temas como desilusão, uso de drogas, surrealismo e a violência no sombrio Japão do pós-guerra. Dele, a DarkSide® Books publicou *Audição* (2022).

"Bird of Prey/ Bird of Prey/
Flying high/ Flying high/
Am I going to die?"

— "BIRD OF PREY", THE DOORS —

DARKSIDEBOOKS.COM